Für den Triumph des Bösen reicht es,
wenn die Guten nichts tun.

E. Burk

Mein Name ist Crystal

Ein besonderer Dialog mit der Modedroge Nr. 1

© 2019 Oliver Hope

Verlag & Druck: tredition GmbH, Hamburg

Coverbild: Adobe Stock (Bild Himmel © anry196411, Bild Mund © Valua Vitaly, Bild Drogen © kojin_nikon)

ISBN

Paperback   978-3-7482-5243-6

Hardcover   978-3-7482-5244-3

e-Book   978-3-7482-5245-0

Vorwort

Nach der Veröffentlichung meines ersten Buches, das von meinen Erfahrungen im Kampf gegen die Drogensucht meines Sohnes erzählt, habe ich eine wirklich unerwartet große Resonanz erhalten. In Briefen, per Mail, bei Lesungen, Workshops oder auch in vielen persönlichen Gesprächen. Neben dem Dank für die Kraft und Hoffnung, die mein Buch vielen Betroffenen geben konnte, erreichten mich allerdings auch viele Fragen. Insbesondere zu der gefährlichen, sich rasant ausbreitenden Modedroge Crystal. Einen besonders bitteren Fakt musste ich dabei zur Kenntnis nehmen: Alle mir bekannten Abhängigen haben vor dem Erstkonsum von Crystal praktisch nichts über diese Droge gewusst. Nun gibt es Fachbücher genug zu allen Facetten der Sucht und Abhängigkeit, doch welcher, nicht vom Fach kommende Leser, ackert sich schon gerne durch trockene, wissenschaftliche Seiten, die noch dazu von kaum verständlichen Begriffen aus Medizin und Psychologie angefüllt sind? Ich bitte darum, mich an dieser Stelle nicht falsch zu verstehen: Diese Art wissenschaftliche Bücher haben ihre unbedingte Berechtigung! Doch erreichen sie die jungen Leser oder die Eltern heranwachsender Kinder? Deshalb habe ich mich, nach vielen Diskussionen mit jungen Leuten, Eltern und Therapeuten bei meinem neuen Buch für diese Version des Schreibens entschieden: Stelle dir Crystal als eine verlockende, selbstbewusste, zielstrebige, junge Frau vor, die genau weiß, was sie will. Diese Art Person, deren Charisma viele Anwesende in den Bann zieht, allein schon, wenn sie nur einen Raum betritt. Eine Art Freundin, mit der sich die Meisten spontan gerne schmücken. Und mit der man viel Spaß erleben kann. Crystal wird über sich selbst erzählen. In einer ganz besonderen, ungewöhnlichen Form. Sich vorstellen, einiges darüber verraten, wo sie herkommt, wie und wo man sie kennenlernen konnte und kann. Auch darüber, ob sie nur kurzzeitige Freundschaften und Beziehungen sucht oder eher etwas Dauerhaftes, sie dich vielleicht ganz für sich alleine will. Du musst wissen, Crystal ist sehr klug. Sie wird dir am Anfang nur wenig von sich offenbaren, solange sie nicht weiß, ob du dich wirklich und intensiv auf sie einlassen willst. Ja, auch wenn im ersten Moment alles so schön und aufregend wirkt, am besten wäre es, du würdest Crystal nie treffen. Aber das ist heute fast unmöglich. Wahrscheinlich ist sie dir sogar schon begegnet. Bei Freunden, zur Disco, im Club, in der Schule. Vielleicht hast du sogar schon im Auto neben ihr gesessen, ohne es zu merken. Denn Crystal ist eine Meisterin der Verstellung. Sie vermag es, dich mit ihrem ersten, strahlenden Lächeln so einzunehmen, dass du gar nicht in der Lage bist, durch dieses warme, wohlige Strahlen die dunklen Schatten hinter ihr zu erkennen. Nun, genug der Vorrede, lassen wir lieber unseren ungewöhnlichen Dialog mit Crystal beginnen ...

Zufrieden lächelnd, die Augen geschlossen, lehnte sich Crystal zurück. Ja, sagte sie sich in Gedanken, das war heute wieder ein guter Tag. Hunderttausende von alten Freunden haben den Kontakt zu mir gesucht und ein paar hundert neue mich und meine tolle Wirkung kennengelernt. Doch plötzlich schreckte sie auf. Was war das für ein Geräusch? Ihre Augen wanderten Richtung Zimmertür. Dort erblickte sie einen Mann, der auf sie zukam.

„Hey, wer bist du denn?", fragte sie erstaunt.

„Ich bin Oliver, der Autor dieses Buches, in welchem du die Hauptrolle spielen sollst. Und ich fand, es ist an der Zeit, mich dir zu zeigen und dir ein paar Fragen zu stellen. Denn ich fürchte, wenn ich dich nur alleine erzählen lasse, wird die Geschichte zu einseitig, badest du dich nur in deiner Eitelkeit. "

„Einseitig? Fragen?", gab Crystal verunsichert zurück.

„Naja, du kannst es auch gerne eine Unterhaltung zwischen uns nennen … Mit ein paar eingestreuten Fragen.", entgegnete Oliver mit einem gequälten Lächeln. Als Gentlemet wollte er sich auf alle Fälle um eine gewisse Grundfreundlichkeit gegenüber von Crystal bemühen, obgleich er sie, wegen des vielen Leides, welches sich von ihr ausgehend über seine Familie ergossen hatte, abgrundtief hasste.

„Kennst du mich etwa schon persönlich?", hauchte Crystal und zeigte ihr unwiderstehliches Lächeln, welches sie stets aufsetzte, wenn sie jemanden zum ersten Mal begegnete.

„Nur indirekt, mein Sohn war lange mit dir befreundet. Zu lange, wenn du mich fragst. Du hast ihn fast zerstört."

„Zerstört!", Crystal verzog genervt ihr Gesicht. „Du bist also auch einer von denen, die mir ständig negative Seiten vorwerfen und dabei meine wundervolle Wirkung vergessen?"

„Nein, ich werde mich bemühen, unseren Dialog unvoreingenommen zu führen."

„Paaaah!", platzte Crystal heraus. „Kommst mir als erstes damit, ich hätte fast deinen Sohn zerstört und willst dann unvoreingenommen mit mir reden? Ich lache mich kaputt! So ein Schwachsinn. Nie wird dies klappen! Und ich habe keine Lust, mich dauernd runtermachen zu lassen!"

Olivers Gesicht bekam eine tiefe Falte zwischen den Augenbrauen. Er schwieg einen Moment. Naja, dachte er, was sie sagt, ist nicht ganz falsch. Doch in der nächsten Sekunde hellte sich sein Gesicht auf, durchströmte ihn die Freude einer guten Idee.

„Vielleicht hast du mit deiner Befürchtung recht.", sagte er langsam. Jetzt jedes Wort abwägend, nur keinen Fehler machend, wollte er seine Idee nun dieser Crystal verkaufen. „Was hältst du davon, wenn wir unseren Dialog in einer ganz besonderen, einer wirklich fairen Form führen?"

Crystal schaute verunsichert, gespannt und bereit, eine neue Anfeindung abzuwehren.

„Und wie soll das gehen?", fragte sie leise.

Oliver lächelte sie an, warf nun seinen ganzen Charme in die Waagschale.

„Lass uns unseren Dialog in Form einer Gerichtsverhandlung austragen ... Mit einer wirklich neutralen, klugen Person als Richter. Nicht mit dem Ziel einer Verurteilung, sondern für ein fair gewonnenes Ergebnis unseres Streitgespräches. Ich werde dein Ankläger sein, wegen der schrecklichen Seiten, die ich von dir kennengelernt habe und über die du selbst nie sprechen wirst. Mein Ziel wird es sein zu zeigen, wer du wirklich bist! Natürlich darfst du dir auch einen Anwalt an deine Seite nehmen."

Crystals Augen funkelten kurz. Sie beugte sich in ihrem Sessel weit vor in Olivers Richtung und sagte, mit einer ihn fast erschreckenden, festen, sicheren Stimme:

„Ich brauche keinen Anwalt. Meine Verteidigung übernehme ich selbst. Crystal ist nicht irgendjemand."

Dann streckte sie Oliver langsam die Hand entgegen.

„Komm schlag ein, unsere Gerichtsverhandlung ist ausgemacht."

Nachdem sich ihre Hände fest gedrückt hatten, schob Crystal mit einem breiten Grinsen nach: „Und zieh dich warm an, mein lieber Oliver!"

Wie mit Crystal telefonisch besprochen, hatte Oliver einen Raum gemietet und diesen wie einen Gerichtssaal eingeräumt. Vorn ein einzelner Tisch für den Richter, davor, mit gebührendem Abstand, zwei andere: Einer für ihn selbst als Ankläger, einer für die Angeklagte. Dahinter standen noch etwa vierzig Stühle in Reihen. Diese waren leer, denn der Richter wollte erst noch von Crystal das offizielle Einverständnis, eventuell auch Zuschauer und Beobachter des Prozesses zuzulassen. Aus Sicht des Richtertisches stand noch rechts neben ihm, leicht schräg mit Blick in den Verhandlungsraum, ein weiterer kleiner Tisch mit einem Stuhl dahinter. Dort konnten diejenigen sitzen, die eventuell eine Aussage zum Sachverhalt der Verhandlung machen wollten. Als Vorsitzenden des Gerichtes konnte Oliver seinen Freund Bernhard gewinnen. Ein erfahrener, weltgewandter Mann, den vor allem auch seine Fähigkeit zur wertungsfreien Betrachtung von Sachverhalten auszeichnete. Er hatte bereits Platz genommen. Auch Oliver saß hinter seinem Tisch. Doch wo blieb Crystal? Hatte sie es sich doch noch anders überlegt? Nein, im gleichen Moment, in dem Oliver diese Frage durch den Kopf ging, öffnete sich die Tür und seine Angeklagte trat ein. In einem eleganten Kostüm, top gestylt, verbreitete sie eine wirklich beeindruckende Wirkung. Selbst der Blick von Olivers Freund ruhte wie gebannt auf ihr. Mit selbstbewussten Schritten steuerte sie auf Bernhard zu, streckte ihm die Hand entgegen und hauchte:

„Hallo, ich bin die Crystal. Wirst du unser Schiedsrichter sein?"

Bernhards Blick wurde strenger.

„Nun, Oliver hat mich gebeten, als neutraler Vorsitzender eurer Verhandlung zu fungieren. Mein Name ist Bernhard. Bitte nehmen sie doch hier Platz."

Bei seinen letzten Worten zeigte er in Richtung des leeren Tisches. Crystal drehte sich um, winkte im Gehen kurz in Olivers Richtung, setzte sich auf den leeren Stuhl, schlug gekonnt ihre langen, schönen Beine übereinander und lehnte sich entspannt zurück. Wieder Bernhard anschauend, sagte sie:

„Ich würde übrigens das 'du' bevorzugen. Übertriebene Förmlichkeiten sind nicht so mein Ding."

„Nun, ich habe nichts gegen das 'du', wenn wir unter uns sind. Während der offiziellen Verhandlung möchte ich allerdings, dass ihr beide mich mit 'sie' anredet."

Crystal verzog leicht das Gesicht. Der Vorsitzende wandte sich an Oliver.

„Bist du damit einverstanden?"

„Von mir aus können wir uns so ansprechen. Allerdings wird mich diese vertrauliche Ansprache nicht einwickeln. Und aus Respekt vor dem neutralen Amt des Vorsitzenden, bin ich während der Verhandlung unbedingt für das 'sie'."

Noch bevor Crystal etwas antworten konnte, bedeutete Bernhard ihr mit einer unmissverständlichen Handbewegung zu schweigen. Mit ernstem Ton wandte er sich nun an beide Parteien vor ihm:

„Okay, okay, bevor wir ins Thema einsteigen, möchte ich zuerst ein paar Regeln für unsere Verhandlung abstimmen und festlegen. Wir wollen ja eine faire und sinnvolle Auseinandersetzung führen?"

Beide vor ihm nickten zum Einverständnis.

„Gut, die Ansprache hätten wir bereits geklärt. Außerdem möchte ich, dass jeder von euch stets ausreden kann, ihr euch nicht gegenseitig ins Wort fallt."

Fragend schaute Bernhard zuerst zu Crystal, dann zu Oliver. Wieder nickten beide.

„Crystal, hättest du etwas einzuwenden, wenn wir für unsere Verhandlung Beobachter und Gäste zulassen?"

„Keinesfalls. Im Gegenteil, je mehr hören und sehen, wie toll ich tatsächlich bin, desto besser."

„Gut, dann wäre dies auch geklärt. Wie habt ihr euch bezüglich zu ladender Zeugen verständig? Soll es so etwas überhaupt geben oder findet unsere Verhandlung nur zwischen euch statt?"

„Oh, ich habe nichts gegen Zeugen!", stieß Crystal erfreut hervor. „Aber vielleicht hat mein lieber Gegner Angst, wenn ich auch Zeugen laden darf?"

Mit einem an Selbstbewusstsein kaum zu übertreffenden Lächeln drehte sie sich bei ihren letzten Worten zu Oliver. Dieser nickte nur leicht.

„Auch ich lade gerne Zeugen vor." Sich zu Crystal wendend fügte er hinzu: „Und wir werden sehen, wer zuletzt so selbstsicher lächeln darf."

Die Angesprochene zuckte gelangweilt mit den Schultern.

Bernhard beendete eine Notiz, lehnte sich leicht zurück und wandte sich wieder an die Parteien vor ihm.

„Nun, dann hätten wir ja die wesentlichen Formalien geklärt. Ich schlage vor, wir starten mit der richtigen Verhandlung morgen, zehn Uhr. Mit Zuschauern, die ihr und ich einladen dürfen. Jede Partei zehn und ich zwanzig, okay?"

Wieder nickten Crystal und Oliver zur Bestätigung.

„Am besten beginnen wir morgen mit den Personalien von Crystal und der Verlesung der Anklageschrift durch Oliver."

Erneut ein zweifaches Nicken. Bernhard erhob sich, trat hinter seinem Tisch hervor. Auch Oliver und Crystal standen auf, um sich per Handschlag von ihrem Vorsitzenden zu verabschieden. Als sich Crystal zum Gehen wandte, sagte sie lachend:

„Na, ich hoffe ja, ab morgen wird die Sache hier interessanter und nicht so eine öde Nummer wie heute."

Der Raum war angefüllt von Gesprächen und Gemurmel der Zuschauer auf ihren Stühlen, als Bernhard ihn betrat. Er nahm seinen Platz ein. Mit dem Kugelschreiber in seiner Hand auf den Tisch klopfend, wandte er sich an die Anwesenden:

„Meine Damen, meine Herren, ich bitte ab jetzt um absolute Ruhe! Während unserer Verhandlung redet nur jemand, wenn ich es ihm gestatte!"

Sofort herrschte gespanntes Schweigen. Bernhard schaute nun in Olivers Richtung:

„Oliver, sie vertreten in unserer Verhandlung die Anklage. Möchten sie zu Beginn eine übliche Anklageschrift verlesen?"

Der Angesprochene erhob sich, stellte sich seitlich zu seinem Tisch, konnte so den Vorsitzenden, Crystal und die Zuschauer im Blick behalten, schlug eine Mappe auf und begann daraus zu lesen:

„Herr Vorsitzender, ich möchte im Verlauf unserer Verhandlung nachweisen, dass Crystal nicht ist, was sie auf den ersten Blick zu sein scheint: Freundlich, ehrlich, attraktiv,

Freude, Glück und Wärme spendend. Ein Bild, das sie auch sehr gerne von sich selbst zeichnet. Denn dies ist nur eine kleine, erste Facette von ihr. Die ich nicht bestreiten will. Wegen diesem ersten Eindruck gelingt es ihr schließlich auch, ständig neue Menschen in ihren Bann zu ziehen. Sie nennt diese 'ihre Freunde'. Freundschaft ...."

Oliver warf kurz einen strengen Blick in Crystals Richtung, die scheinbar gelangweilt an ihren Fingernägeln spielte.

„Gestatten sie mir eine kurze Definition des Wortes Freundschaft aus dem Lexikon zu verlesen: Letzteres definiert diese als 'das auf gegenseitiger Wertschätzung beruhende und von gegenseitigem Vertrauen getragene, freiwillige, gesellige Verhältnis zwischen Gleichstehenden'."

Oliver machte eine kurze Pause, schien für einen Moment leicht abwesend, gedankenversunken. Leise wiederholte er:

„... Vertrauen und Gleichstehende ...."

Einige Sekunden später ging ein Ruck durch seinen Körper und mit fester Stimme fuhr er fort:

„Genau dies spielt für Crystal in ihren Beziehungen keine wesentliche Rolle ... Mit scheinbarem Glück und Vertrauen ködert sie nur ihre vermeintlichen Freunde. Ihr Ziel ist jedoch niemals eine Beziehung zwischen Gleichgestellten. Sie will keine Freundschaft, sondern Abhängigkeit! Stück für Stück ergreift sie Besitz von ihren 'Freunden', macht ihnen ein Leben ohne sie zunehmend unmöglich. Es ist ihr dabei auch völlig egal, ob sie den Anderen psychisch und physisch zerstört. Sein Leben ruiniert, ihn selbst und seine ganze Familie ins Unglück stürzt. Crystal interessiert nur ihr Sieg. Sie will sehen, spüren, genießen, wie sie zunehmend das Leben des Anderen bestimmt. Will ihn ganz und gar. Bis er an nichts anderes mehr denken kann, als an Crystal, sich alles nur noch darum dreht, wie er sich Crystals Nähe und Präsenz leisten kann. Offiziell darf sich jeder gerne wieder von ihr trennen, denn sie will niemanden gegen seinen Willen an sich binden … Sagt sie … Doch wehe, jemand sollte ihre 'Freundschaft' nicht mehr wollen, dann setzt sie alles daran, ihn zurückzuholen in ihren Bann, um ihr Zerstörungswerk fortsetzen zu können. Ja, sie schenkt am Anfang Glücksmomente, jedoch nur, um ihre 'Freunde' langsam so weit zu bringen, dass sie ohne Crystal zu keinen Gefühlen wie Glück und Freude mehr fähig sind. Ihre vermeintlichen Freunde werden stets ab einem recht schnell eintretenden Punkt zu Opfern! Deren Geist durch die Beziehung zu Crystal schwindet, bis sie kaum noch denken oder sich länger als ein paar Minuten konzentrieren können. Die zunehmend aggressiv werden, oft andere Freunde oder Familienmitglieder angreifen. Die ihre Kinder schon im Mutterleib süchtig gemacht zur Welt bringen oder diese wegen ihrer Sucht nach Crystal vernachlässigen, misshandeln. Aus wunderschönen, jungen Frauen oder attraktiven Männern werden in wenigen Jahren aschgraue, faltige Erscheinungen. Mit zittrigen Händen, spastischen Bewegungen, entstellten Gesichtszügen und ausdruckslosen Augen eines mental bereits gestorbenen Menschen. Und da die Beziehung zu Crystal niemals kostenlos ist, enden viele ihrer Opfer nicht selten als Kriminelle im Gefängnis oder als Billignutte auf der Straße."

„Also, bitte! Was soll das hier werden?", rief Crystal plötzlich laut zwischen Olivers Ausführungen.

Noch bevor dieser reagieren konnte, wandte sich Bernhard in ruhigem, aber strengem Ton an sie:

„Ich möchte sie daran erinnern, dass hier nur redet, wem ich das Wort erteile. Also unterbrechen sie bitte nicht noch einmal die Ausführungen eines Anderen hier vor unserem Gericht."

Crystal wollte gerade zu einer Antwort ansetzen, als ihre

Augen den Blick des Vorsitzenden kreuzten, der ihr bedeutete, jetzt besser zu schweigen. Auf Crystal zeigend, fuhr Oliver fort: „O ja, Herr Vorsitzender, ich kann mir denken, dass diese Dame in der weiteren Verhandlung eine ihrer liebsten Rechtfertigungen vortragen wird. Nämlich, dass sie an all den schädlichen Wirkungen nicht schuld sei! Von ihr kommt nur Glück, die Schäden kommen von anderen Substanzen, die sich an sie anhängen .... Nun, wir werden im Verlauf der Verhandlung klar nachweisen, dass dies ebenso eine Lüge von Crystal ist wie tausend andere! Mein Ziel bei dieser Verhandlung wird es sein, sachlich, mit Fakten und Zeugen belegt, das wahre Gesicht hinter der schönen, jungen Fassade dieser Dame zu zeigen!"

Bei den letzten Sätzen spürte man ein wenig Erregung in Olivers Stimme. Langsam nahm er wieder auf seinem Stuhl Platz.

Der Vorsitzende wandte sich nun an Crystal:
„Möchten sie zur Eröffnung auch ein Statement abgeben?"
Die Angesprochene schüttelte leicht mit dem Kopf:
„Nein, danke. Lassen sie uns mit unserer Verhandlung beginnen. Dann werden schon alle sehen, dass ich nicht die bin, die mein Ankläger hier beschrieben hat."
Dabei betonte Crystal das Wort 'Ankläger' ein wenig spöttisch.
„Nun gut", antwortete Bernhard. „Wie gestern besprochen, bitte ich sie dann zuerst in den Zeugenstand, um einiges zu ihren Personalien feststellen zu können."
Mit einem Blick zur Angesprochenen und einer Handbewegung zum Platz der Zeugen, unterstrich er seine Worte. Crystal stand auf, ging mit eleganten, selbstbewussten

Schritten in Richtung des zugewiesenen Platzes, setzte sich, schlug erneut wirkungsvoll ihre Beine übereinander und strahlte in Richtung des Publikums. Bernhard begann seine Befragung.

„Sie heißen also Crystal?"

„Ja, so heiße ich. Sozusagen ist das mein Vorname. Viele setzen noch ein Meth dahinter. Warum, erkläre ich Ihnen gern später."

„Wann wurden sie geboren und wo?"

„Nun, eigentlich spricht eine junge Lady nicht gerne über ihr Alter, doch ich will hier eine Ausnahme machen. Allerdings dürfen sie sich nicht erschrecken, denn Jahreszahlen bedeuten in meinem Falle wenig, wie sie selbst sehen können."

Bei ihren letzten Worten strahlte Crystal Bernhard besonders intensiv an.

„Ich altere nicht, kann deshalb mein Leben in ewiger Jugend genießen. Außerdem besitze ich die Fähigkeit, an vielen Orten gleichzeitig sein zu können. Zum ersten Mal geboren wurde ich 1893."

Ein erstauntes Raunen ging durch die Zuschauerreihen, welches der Vorsitzende allerdings sofort mit einem strengen Blick erstickte, sodass Crystal ungestört fortfahren konnte.

„Es war sozusagen meine Teilgeburt, denn damals war ich noch nicht die perfekte Person von heute. Mein Geburtshelfer war ein japanischer Chemiker Namens Nagai. Doch er erkannte mein Potential leider nicht, sodass ich zunächst ein ziemlich ödes Dasein auf unserer Welt fristen musste."

„Was bedeutet ein ödes Dasein?", fragte der Vorsitzende.

„Nun, ich war da, aber kein Mensch interessierte sich für mich. Bis ich Herrn Ogata, auch ein Japaner, im Jahre 1921 für mich begeistern konnte. Er schuf mich in der reinen, perfekten Form, in der ich auch heute noch lebe. Zumindest, wenn man mich lässt und nicht mit anderen, widerlichen Substanzen vermischt.

Darüber lassen sie uns jedoch an anderer Stelle reden. Mister Ogata hat mich zwar perfektioniert, hatte allerdings ebenso wie Herr Nagai keine besonderen Ideen, was er mit mir und meinen Fähigkeiten anfangen kann. So unbeachtet wollte ich auf keinen Fall leben!"

„Was haben sie gegen ihre Einsamkeit unternommen?"

„Ich entschloss mich, in die Welt zu ziehen, wollte neue Freunde finden, die mich brauchen und schätzen. So landete ich Anfang der dreißiger Jahre in Deutschland. Zuerst wieder bei recht langweiligen Wissenschaftler, die in den Temmler-Werken in Berlin arbeiteten."

Crystal rollte mit den Augen und verzog etwas ihr Gesicht.

„Naja, sagte ich mir, da musst du durch. Schließlich haben die Herren das Ziel, mich noch perfekter zu machen. Und immerhin bin ich schon mal in Berlin, einer pulsierenden Großstadt gelandet. Jene Forscher nahmen es sehr genau und ließen sich meine Perfektionierung 1937 sogar patentieren. Allerdings nicht unter meinem heutigen Namen, sondern dem trockenen Begriff Methamphetamin. Da klingt doch Crystal viel freundlicher?"

Wohl auf eine Bestätigung hoffend, lächelte sie in Richtung des Vorsitzenden, der jedoch keine Antwort gab, sondern ihr nur mit einer Geste andeutete, fortzufahren.

„Naja, jedenfalls hängt mir daher mein eingangs erwähnter, häufig verwendeter Nachname Meth an. Diese Leute gingen sogar so weit, mir noch einen zusätzlichen Markennamen zu geben: Pervitin. Wie klingt das denn?! Doch egal, ich habe den Temmler-Leuten schnell verziehen, denn sie erkannten mein Potential und haben dafür gesorgt, dass ich eine der geilsten und aktivsten Phasen meines Daseins erleben durfte!"

Nach einer kurzen Pause und mit einem leichten Schulterzucken fügte Crystal leiser hinzu:

„Okay, zugegeben, ich begann jetzt käuflich zu werden. Aber was soll's? Keine langen Verhandlungen und Gespräche, wer mich als Freundin wollte, konnte mich einfach in fast jeder Drogerie oder Apotheke erwerben und mich in sein Leben holen."

Bernhard zog die Augenbrauen zusammen.

„Diese Käuflichkeit hat sie wirklich nicht gestört?"

„Nein, viel wichtiger war es doch, dass sich meine neuen Väter endlich so verhielten, wie es sich gegenüber einer tollen Tochter gehört: Sie sahen nur meine fantastischen, positiven Seiten und schwärmten davon allen anderen etwas vor. Ja, so wünscht man sich coole Eltern!"

„So, so, welche Eigenschaften waren es denn genau, von denen ihre neuen Traumeltern schwärmten?", fragte Bernhard.

„Nun, zum Beispiel meine Fähigkeiten, Müdigkeit und Hungergefühle zu unterdrücken. Diese ließen mich Ende der dreißiger Jahre viele neue Freundinnen unter den modernen Frauen finden. Sogar in speziellen Pralinen durfte ich mich verstecken, bekam deshalb auch den Spitznamen Hausfrauenschokolade."

„Und diese Hausfrauenschokolade war der Grund für eine ihrer geilsten Zeiten?", hakte Bernhard nach, bei dem Wort geilste mit den Fingern Gänsefüßchen in die Luft malend.

„Quatsch!", stieß Crystal mit verächtlichem Gesichtsausdruck hervor. „Die phänomenalste Welle neuer Freundschaften durfte ich millionenfach ab 1939 mit jungen Männern schließen! Wie sie vielleicht wissen, begann damals der zweite Weltkrieg. Den die deutsche Armee in völlig neuer Weise führte. Den sogenannten Blitzkrieg. Weite Märsche und fast ununterbrochene Bewegung forderten von den Soldaten oft das Letzte an Kraft, machten sie müde und erschöpft. Wie froh waren sie da, mich kennenlernen zu dürfen! Als Geschenk ihrer

Führung, ohne dafür bezahlen zu müssen. O ja, wie uneingeschränkt positiv war ihr Blick in den ersten Jahren auf mich."

Bei dem letzten Satz konnte man ihr ansehen, wie sie begann, in wunderschönen Erinnerungen zu schwelgen.

„Allein von April bis Juni 1940 durfte ich in Tabletten versteckt fünfunddreißigmillionen Mal diese Männer besuchen."

Crystal seufzte aus tiefstem Herzen und lächelte selig. Nach einigen Sekunden wurde sie vom Vorsitzenden aus ihren Gedanken gerissen.

„Warum schätzten die Soldaten sie denn so?"

„Nun, vielleicht wollen sie das am besten von ihnen selbst hören? Sonst heißt es wieder, ich erzähle einseitig."

Beim letzten Satz schaute sie herausfordernd zu Oliver.

„Wie, von ihnen selbst hören?", fragte Bernhard irritiert.

„Nun, ich dachte wir dürfen Zeugen vorladen?"

„Ja ... sicher. Aber gibt es denn aus dieser Zeit noch Zeugen?"

Crystal setzte ein unbeschreiblich selbstbewusstes Lächeln auf und sagte leise, die Wirkung jedes ihrer Worte genießend:

„Sie sollten mir besser zuhören, denn ich erwähnte doch schon, dass ich nicht irgendjemand bin. Meine Fähigkeiten erlauben es mir, Zeugen aus jeder gewünschten Zeit hier in unseren Verhandlungsraum zu holen."

Bernhard und Oliver schauten sich ungläubig an, während aus den Zuschauerreihen erneut ein Gemurmel drang, welches der Vorsitzende allerdings wieder mit einem missbilligenden Blick sofort erstickte.

„Sie meinen sicher, noch lebende, heute sehr alte Männer, welche die damalige Zeit miterlebten und sich erinnern?"

„Sprechen wir verschiedene Sprachen?", gab Crystal leicht genervt zurück. „Nicht irgendwelche senilen Opas kann ich vorladen, sondern Soldaten, wie sie zu dieser Zeit waren."

Da der Vorsitzende und Oliver noch immer recht ungläubig schauten, schloss sie die Augen und sagte:

„Am besten, ich zeige ihnen praktisch, wie ich dies meine."

Während alle Anwesenden nun gespannt auf Crystal schauten, klopfte es plötzlich kräftig an der Tür. Bernhard schreckte zusammen. Da niemand antwortete, wiederholte sich das Klopfen, diesmal noch lauter.

Der Vorsitzende rief: „Herein!"

Sofort öffnete sich ein Türflügel, ein Mann in Uniform betrat den Raum und ging mit schnellen, entschlossenen Schritten Richtung Tisch des Vorsitzenden. Dort angekommen, straffte er seinen Körper und schmetterte zackig, so wie er es gelernt hatte:

„Leutnant Stürmer meldet sich wie befohlen zur Befragung!"

Bernhard war noch immer sprachlos, musterte den vor ihm Stehenden mit unverhohlener Verwunderung. Der Mann sah aus wie Anfang zwanzig, trug eine elegante blaugraue Uniform, seine Mütze hielt er unter dem rechten Arm. Auf den Kragenspitzen leuchtete förmlich ein orange-gelblicher Stoff, auf dem silberne Schwingen befestigt waren. Der Vorsitzende bemühte sich um Fassung und fragte langsam:

„Leutnant Stürmer ... so, so. Dann nehmen sie bitte erst einmal auf dem Zeugenstuhl Platz."

Bernhard deutete mit der Hand in Richtung des Tisches rechts von ihm. Der Angesprochene folgte sofort der Aufforderung, ließ sich auf dem Stuhl nieder, legte seine Mütze korrekt auf den Tisch und straffte mit einigen, kurzen Handgriffen seine Uniformjacke.

„Herr Leutnant, welches Jahr schreiben wir nach ihrer Kenntnis?", fragte Bernhard, um das Schweigen zu brechen.

„Welches Jahr?", entgegnete sein Gegenüber verwundert.

„Nun, nach meiner Kenntnis neunzehnhundertzweiundvierzig."

Bernhard warf kurz einen genervten Blick Richtung Publikum, aus dem wieder Gemurmel drang. Dann schaute er, noch immer etwas ungläubig, den Leutnant an.

„Herr Leutnant, sind sie bitte so freundlich und sagen uns etwas zu ihren wesentlichen Personalien."

„Selbstverständlich. Mein Name ist Alois Stürmer, Jahrgang achtzehn. Dienstgrad Leutnant, Jagdflieger der deutschen Luftwaffe, im Kriegseinsatz seit September neununddreißig."

„Und noch nie abgeschossen worden?", fragte der Vorsitzende interessiert, denn er war selbst Hobbypilot.

„Doch", antwortete der Leutnant mit einem Schmunzeln, „schon zwei Mal. Allerdings immer ohne große Schäden, wie sie ja sehen können ... Und als Revanche habe ich bereits sechsunddreißig Gegner vom Himmel geholt."

„Herr Vorsitzender, bei allem Verständnis für ihr Interesse, aber wir sind hier nicht versammelt, um Fliegergeschichten auszutauschen.", meldete sich Oliver.

„Okay, okay, also zurück zum Sachverhalt. Sie wissen, warum sie hier bei uns sind?", wandte sich Bernhard an den Flieger.

„Ja, soviel ich weiß, geht es ums Thema Pervitin."

Crystal verzog ihr Gesicht, weil sie diesen Namen wohl nicht sonderlich mochte. Aber sie schwieg.

„Haben sie selbst schon Pervitin eingenommen?"

„Ja, schon sehr oft. Ich habe relativ spät damit begonnen."

„Wie darf ich das verstehen? Was heißt spät?"

„Nun, unter meinen Kameraden war diese Sache schon von Kriegsbeginn sehr verbreitet. Ich wollte es zunächst nicht nehmen, da ich allgemein etwas gegen Chemie und Pillen habe. Zumal man als Pilot auf seine Gesundheit achten sollte."

Beim letzten Satz lächelte der Leutnant.

„Warum haben sie dann ihre Meinung geändert?"

„Tja, die vielen Einsätze zehrten extrem an der physischen Kraft und den Nerven. Wir sind ohne Pause jeden Tag mindestens zwei Mal zum Feindflug gestartet. Als ich schließlich bei einer Einsatzbesprechung einnickte, weckte mich mein Staffelführer unsanft und nahm mich danach zur Seite. 'Mensch', sagte er zu mir, 'wie lange wollen sie sich noch so hinschleppen? Jetzt nehmen sie endlich auch solche Dinger!' Dabei hielt er mir ein Röhrchen Pervitin entgegen. Da ich nicht sofort zugriff, setzte er hinzu: 'Sie wissen doch, Infanteristen sterben auch durch Zufälle. Piloten sterben nur durch Fehler! Und müde Piloten machen solche. Wollen sie sterben?!' Natürlich wollte ich das nicht! Also griff ich nach der runden, länglichen Röhre, probierte aber nicht gleich eine Tablette. Mein Vorgesetzter entriss mir deshalb die Schachtel wieder, öffnete sie und entnahm ihr eine Pille, die er mir reichte. 'Jetzt schlucken sie gleich so ein Ding zum Testen! Falls sie es nicht vertragen, lassen sie's halt wieder, aber probiert wird jetzt!' Ich gehorchte damals."

„Haben sie das Pervitin dann öfter eingenommen?"

„O ja! Seitdem sind die Wunderpillen mein ständiger Begleiter. Es gab kaum einen anstrengenden Tag ohne die Tabletten."

„Warum? Was geben sie ihnen?"

„Also, wie soll ich das beschreiben? Vielleicht an einem Beispiel: Durch den Stress und das Erleben des Sterbens von Kameraden und Freunden schlafe ich nicht mehr so gut. Fühle mich am Morgen oft schlapp und kraftlos. Dann schlucke ich halt Pervitin. Spätestens nach einer Stunde durchströmt mich Energie, Wachheit … fühle ich mich wie ein furchtloser Adler, der nur eines will: Beute entdecken und jagen! Wenn ich sie schließlich am Himmel finde, zunächst nur als kleinen, schwarzen Punkt am Horizont, bin ich frei von jeder Furcht, nur noch konzentriert. Meine rechte Hand umfasst für einen Moment den Steuerknüppel fester, die Linke schiebt den Hebel für die Triebwerksleistung weiter nach vorn. Ich nehme, die Sonne im Rücken, Kurs auf mein Ziel. Ein kurzer Blick zu meinem Flügelmann: Er folgt mir. Alles andere um mich herum vergesse ich jetzt, konzentriere mich nur auf meinen Gegner, will ihn angreifen und abschießen! Vor dem Pervitin war mein Körper matt und erschöpft, jetzt jedoch hellwach, angefüllt von Entschlossenheit und schier unendlichem Selbstbewusstsein!"

Für einen Augenblick schweig der Leutnant und sein Blick richtete sich, in Erinnerungen versunken, schräg nach oben.

„Mit etwa sechshundert Stundenkilometer stoße ich auf das Flugzeug vor mir zu. 'Nur nicht zu früh schießen!', hämmert es in meinem Kopf. Angst? Nein, nicht die Spur davon! Erst bei einer Distanz von unter hundert Metern drücke ich den Auslöser für die Maschinenkanonen meiner Messerschmitt. Eine Garbe von Leuchtspuren der Geschosse prasselt in den überraschten Feind. Noch als ich an ihm vorbei ziehe, kann ich sehen, wie Rauch und Flammen aus seinem Flugzeug quellen. 'Ja!', schrie ich bei meinem letzten Luftsieg laut im Cockpit. 'Piloten sterben durch Fehler! Und ich bin so gut, dass ich keine mache!'"

Der Leutnant senkte seinen Blick, rückte etwas an der Mütze vor ihm herum. Dann fügt er leiser hinzu:

„Ja, dieses Zeug hat eine gigantische Wirkung … Ohne diese Tabletten könnte ich wahrscheinlich gar nicht mehr so siegen."

„Tja, Bernhard, da sehen sie, wie gut ich allen tue!", trällerte Crystal triumphierend mit einen breiten Lächeln.

Oliver erhob sich von seinem Stuhl, wandte sich förmlich an seinen Freund hinter dem Tisch vor ihm.

„Herr Vorsitzender, gestatten sie, dass ich dem Zeugen einige Fragen stelle? Sozusagen im Kreuzverhör?"

Der Angesprochene nickte und lehnte sich zurück.

„Bitte, das ist ihr Recht. Allerdings nur zum Sachverhalt."

„Selbstverständlich."

Oliver machte einige Schritte auf den Leutnant zu, fixierte ihn mit festem Blick.

„Sie haben gerade von der tollen, stimulierenden Wirkung des Pervitin berichtet. Ist dieses Mittel in der Wehrmacht sehr verbreitet?"

„Ich denke schon ... Also, zumindest unter den Piloten. Von den anderen Einheiten kann ich dies nicht einschätzen."

„Dann lassen sie mich anders fragen: Ist es gegenwärtig mehr verbreitet, als zu Beginn des Krieges?"

Der Leutnant zuckte leicht mit den Schultern. Vorsichtig, so als müsse er jedes Wort genau abwägen, antwortete er:

„Wahrscheinlich nicht. Es gab auf alle Fälle schon Zeiten, wo das Zeug großzügiger verteilt wurde. Heute muss man sich seinen Vorrat einteilen."

„Nun, Herr Vorsitzender, ich werde auf diesen Punkt gleich noch zurückkommen."

Crystal platzte nun sichtlich verärgert dazwischen:

„Na, vielleicht kann der werte Oliver erst noch meinen zweiten Zeugen zu dieser Zeit abwarten!"

„Oh, es gibt noch einen Zeugen? Nun gut, dann warten wir seine Aussagen ab. Eine Frage sei mir allerdings noch an den Leutnant gestattet?"

Bernhard nickte.

„Haben sie sich eigentlich nie Sorgen gemacht, ob dieses Pervitin ihre Gesundheit langfristig angreift?"

Der Flieger überlegte kurz und antwortete mit einem müden Lächeln um die Lippen:

„Langfristig? Wissen sie, die meisten meiner Fliegerkameraden, mit denen ich neununddreißig in den Krieg gezogen bin, sind tot. Bei uns kommt die Lebensgefahr nicht aus Pillenröhrchen."

Oliver ärgerte sich jetzt über seine Frage, kehrte zu seinem Stuhl zurück und bedeutete mit einer Handbewegung, dass von ihm aus der Zeuge entlassen werden kann. Bernhard schaute zu Crystal:

„Gibt es aus ihrer Sicht noch etwas?"

Sie schüttelte mit dem Kopf und hauchte in Richtung des Piloten:

„Danke mein Lieber … ich hoffe, wir treffen uns noch oft."

Bernhard entließ den Flieger und forderte Crystal auf, ihren nächsten Zeugen erscheinen zu lassen. Noch während der Leutnant zur Tür ging, betrat ein anderer Uniformierter den Raum. Er trug eine weniger schöne, graue Kluft. Der Vorsitzende wies ihn an, auf dem Zeugenstuhl Platz zu nehmen, noch bevor er seine Meldung abgeben konnte.

„Bitte sagen sie uns ihren Namen und ein paar Fakten zu ihrer Person.", wandte sich Bernhard an den Soldaten.

„Ich heiße Helmut Ehrler, bin Feldwebel der Panzertruppe und Jahrgang zwanzig."

„Sie wissen, dass es hier vor allem um ihre möglichen Erfahrungen mit Pervitin geht?"

Der Feldwebel nickte.

„Sie nehmen diese Pillen auch?"

„Ja, das tue ich … Sehr oft sogar."

„Warum? Was gibt ihnen das?"

„Nun, anfangs nahm ich sie gegen Erschöpfung und Müdigkeit. Heute manchmal auch für einen Moment des Glücks … in all dem Blut und Sterben."

„Vielleicht können sie uns an einem Beispiel die Wirkung des Pervitin beschreiben? Wir haben damit keine Erfahrung."

Der Feldwebel dachte kurz nach und begann zu erzählen:

„Nun, nehmen wir die Zeit ab Juli neunzehnhunderteinundvierzig. Unser Feldzug in Russland hatte gerade begonnen. Seit einer Woche waren wir fast ununterbrochen im Einsatz. Mehr als zwei, drei Stunden unruhiger Schlaf pro Tag waren nicht drin. Irgendwann sollte nun der nächste Angriff beginnen. Unsere Panzer standen in Kolonne, etwa mit hundert Meter Abstand auf einem Weg am Waldrand. Der Besatzung hatte ich die Erlaubnis erteilt, ein wenig die Augen zu schließen. Trotz der leicht geöffneten Luken, herrschten in der Maschine über dreißig Grad. Die Luft war stickig, roch nach Treibstoff, Öl und Resten des Pulverdampfes aus dem letzten Gefecht. Ich fühlte mich ausgebrannt, ohne Kraft, einfach nur erfüllt von einer Sehnsucht nach Schlaf. Manchmal kam in mir sogar die Sehnsucht nach einer Verwundung auf. Sicher, dies würde Schmerz und vielleicht sogar bleibende Schäden bedeuten, aber auch ein weiches Bett im Lazarett. Ruhe und Schlaf, unendlich viel Schlaf."

Der Feldwebel schloss kurz die Augen und schwieg einige Sekunden, so, als würde ihn selbst jetzt der Gedanke an ein weiches, sauberes und bequemes Bett mit großem Wohlbehagen erfüllen. Dann fuhr er fort.

„Seit fast zwei Stunden standen wir so. Als Zugführer durfte ich mich auf keinen Fall ins Reich der Träume ziehen lassen, musste Bereitschaft am Funkgerät halten. Sitzend, den Kopf seitlich an den warmen Stahl des Panzers gelehnt, hatte es mich dann doch kurz übermannt. Schwer wie Blei zog es mir die Augenlider nach unten, nickte ich ein. Zum Glück nicht sehr tief, sodass mich nach wenigen Minuten ein Knacken in meinen Kopfhörern aufschrecken ließ. 'Verdammt!', schoss es mir durch den Kopf. Obwohl durch den Schreck schon ein wenig wacher, öffnete ich hastig die Brusttasche meiner Uniform und holte daraus die in ein Stück Papier eingeschlagenen Pervitintabletten heraus. Nur noch fünf Stück, dachte ich besorgt. Naja, sicher werden wir bald Nachschub bekommen. Auf alle Fälle werde ich vor dem Angriff noch jeweils eine der Pillen an meinen Fahrer und Richtschützen verteilen. Schnell warf ich mir eine der Tabletten ein, spülte sie mit etwas Wasser aus der Feldflasche hinunter. Ich wusste, ab jetzt noch eine halbe Stunde zusammenreißen, dann wird die Wirkung einsetzen."

„Beschreiben sie uns diese Wirkung bitte genauer."

„Nun, die Müdigkeit verschwindet langsam völlig. Außerdem beginnt ein unbeschreibliches Glücksgefühl allmählich meinen Körper zu durchströmen. Eine wohlige Wärme, ein zunehmender Eindruck von Geborgenheit, der mit der aktuellen Wirklichkeit des Krieges absolut nichts zu tun hat … Können sie sich an wundervolle Momente aus ihrer Kindheit erinnern? Für mich sind das die Gedanken an die Weihnachtszeit. Alle sind fröhlich, entspannt um den geschmückten Baum versammelt, die Stube ist warm, Weihnachtslieder erfüllen den Raum, draußen vor den Fensterscheiben tanzen Schneeflocken und überall der Duft von leckerem Weihnachtsessen. Neben Wachheit und Energie gibt mir Pervitin so ein Gefühl. All der Dreck um mich, das Leiden und der allgegenwärtige Tod sind für ein paar Stunden aus meinem Kopf verdrängt. Anfangs habe ich mich gewehrt. Habe mir gesagt, dass es nicht gut ist, der Wirklichkeit so zu entfliehen. Irgendwann dachte ich mir jedoch: Scheiß auf die Realität! Die ist eh nicht zu ändern. Warum also daran denken, statt sich diesem wundervollen, in meinem Körper breit machenden Gefühl hinzugeben?"

Crystal strahlte wieder übers ganze Gesicht.

„Wow, da sag noch einer, ich tue meinen Freunden nicht gut!"

Bernhard schaute sie streng an:

„Ich möchte daran erinnern, dass hier nur spricht, wem ich es erlaubt habe. Das gilt auch für sie. Haben sie Fragen an den Zeugen?"

„Nein", zischte Crystal, „mehr Lob geht ja kaum noch."

Oliver verzog seinen Mund, stand auf und sagte:

„Ich habe noch einige Fragen an den Zeugen. Zuerst die gleiche, wie an seinen Vorgänger: Ist Pervitin heute mehr in der Truppe verbreitet als zu Kriegsbeginn?"

Der Feldwebel dachte kurz nach, antworte dann ruhig:

„Ich glaube nicht. Bis zum letzten Jahr wurden die Pillen und die Pervitinschokolade großzügiger verteilt."

„Woran liegt das? Ist der Krieg leichter geworden?"

Der Feldwebel schaute verärgert.

„Natürlich ist der Krieg nicht leichter geworden! Im Gegenteil, wir erleben heute härtere und blutigere Kämpfe als je zuvor!"

„Warum dann weniger statt mehr Pervitin als Kraft- und Glücksspender für die Truppe?"

Der Angesprochene zuckte lustlos mit den Schultern.

„Nun, Herr Vorsitzender, bevor wir vielleicht doch noch eine Antwort von dem Herrn Feldwebel erhalten, möchte ich aus einigen Beweisstücken zitieren."

Oliver ging kurz zurück zu seinem Platz, nahm einige Blätter aus einer Mappe, legte einen Teil davon auf den Tisch von Bernhard, die anderen behielt er. Sie hoch haltend, begann er verärgert:

„Wir haben bisher nur von der tollen Seite dieser Crystal gehört. Ja, die Soldaten hatten sie lange Zeit so gerne, dass sie ihr sogar Spitznamen gaben. Sie nannten sie liebevoll

Panzerschokolade, denn es gab Crystal auch in dieser süßen Form, oder Stuka-Tabletten und Hermann-Göring-Pillen."

„Genau!", platzte Crystal Oliver ins Wort. „Wie sie hören konnten, war ich eine stets hilfsbereite, beflügelnde Freundin. Aus müden, kraftlosen Männern habe ich millionenfach glückliche, entschlossene Kämpfer gemacht. Wer sonst hat ihnen zwischen Kampf und Tod solch warme, euphorische Momente geschenkt?"

Bernhard schaute streng in Richtung der Rednerin.

„Crystal, ich ermahne sie zum letzten Mal: Hier wird nur gesprochen, wenn ich es erlaube! Und im Moment hat Oliver das Wort."

Mit einem Kopfnicken bedeutete er diesem, fortzufahren.

„Ja, diese Momente wurden den Soldaten geschenkt, dies bestreitet hier niemand. Aber das ist nur eine Seite!"

Oliver blätterte in den Unterlagen, die er in seiner rechten Hand hielt und wurde dabei recht giftig von Crystal angeschaut.

„Hören wir doch auch einmal kritische Stimmen. So hat zum Beispiel bereits im März 1940 Herr Conti, damals Reichsgesundheitsführer, in einer Rede vor Ärzten angemerkt, ich zitiere: 'Wer Ermüdung mit Pervitin beseitigen will, der kann sicher sein, dass der Zusammenbruch seiner Leistungsfähigkeit eines Tages kommen muss. Dass das Mittel einmal gegen Müdigkeit eines Hochleistungsfliegers, der noch zwei Stunden fliegen muss, angewendet werden darf, ist wohl richtig. Es darf aber nicht angewendet werden bei jedem Ermüdungszustand, der in Wirklichkeit nur durch Schlaf ausgeglichen werden kann. Das muss uns als Ärzten ohne weiteres einleuchten.' Hier habe ich Berichte von Kommandeuren der Front des Krieges. Sie schreiben davon, dass Soldaten, die regelmäßig Pervitin nahmen, ohne diese Pillen depressiv wurden, Angstanfälle erlitten, von

Verfolgungswahn geplagt, aggressive Wutausbrüche zeigten, ja in Einzelfällen es sogar zu Selbstmorden kam."

Crystal sprang auf und fauchte:

„Einspruch, Herr Vorsitzender, als ob ich dafür verantwortlich bin, wenn jemand zu viel von mir will! Was kann ich dafür, wenn sich jemand so in mich verliebt, dass er ohne mich nicht mehr klar kommt? Und seit wann ist jemand dafür verantwortlich was passiert, wenn er nicht zur Verfügung steht?"

Bernhard bedeutete Crystal, sich wieder zu setzen.

„Ich nehme ihren Einspruch zur Kenntnis. Lassen sie bitte Oliver weiter sprechen. Im Anschluss können sie sich gerne noch zu den Vorwürfen äußern."

Oliver fuhr fort:

„Im Oktober 1940 erschien in der Münchener Medizinischen Wochenschrift ein Artikel eines dem Pervitin sehr wohlwollend zugewandten Arztes. Er sah darin das, was auch Crystal in sich sieht: Eine wundervolle Freundin, die bei so vielen Problemen helfen kann! Nicht nur gegen Müdigkeit, Angst, Mutlosigkeit, Hunger. Nein sogar bei See- oder Bergkrankheit bescheinigte der Arzt eine tolle Wirkung. Doch ein konsequenter Kritiker des Pervitin, Herr Ernst Speer, Psychiater von Beruf, schrieb umgehend in der gleichen Zeitschrift einen Artikel als Gegendarstellung! Er führte klar aus, dass eine zu intensive und lange Freundschaft mit Pervitin zu ernsthaften, gesundheitlichen Schädigungen führen kann, welche die positiven Wirkungen bei Weitem überragen. Schlafstörungen, Wahnvorstellungen aufgrund des Schlafmangels, Aggressivität, Herzrhythmusstörungen, Magenschmerzen, übersteigerte Egozentrik, ja sogar Haar- und Zahnausfall. Und der permanente Gebrauch führe dazu, dass man immer mehr von diesem Zeug benötigt, um den gleichen, positiven Effekt zu erzielen."

Wieder fiel Crystal Oliver ins Wort:

„Also, ehrlich, was soll dieser Quatsch? Kennen sie irgendeine andere Freundin von Jemandem, die nach Monaten und Jahren die gleiche Wirkung auf ihn hat, wie beim ersten Kennenlernen? So eine Erwartung an mich, die Crystal, ist doch echt unfair, oder? Und diese ganzen Vorwürfe waren damals völlig unbewiesen! Diese Leute sind doch nur neidisch gewesen auf meinen gigantischen Erfolg!"

Noch bevor Bernhard etwas sagen konnte, nahm sich Oliver selbst wieder das Wort:

„So? Nur unbewiesene, haltlose Vorwürfe? Dann blieb also alles beim Alten? Es gab keine Konsequenzen?"

Crystal verzog genervt das Gesicht und antwortete leise:

„Naja, diese Meckerer haben es geschafft, dass ich Mitte 1941 durch eine Änderung des Reichsopiumgesetzes nicht mehr frei käuflich gewesen bin. Wer mich jetzt als Freundin wollte, brauchte ein Rezept."

Wieder selbstbewusster schob sie nach:

„Doch zum Glück sahen viele Ärzte weiter meine positiven Eigenschaften im Vordergrund. Und auch den Soldaten durfte ich, trotz der Neider und Kritiker, millionenfach treu bleiben."

„Ja", bestätigte Oliver, „dies durften sie tatsächlich. Denn den Verantwortlichen waren Kriegserfolge wichtiger als die Gesundheit ihrer Soldaten."

Er wandte sich wieder zu dem Feldwebel.

„Herr Feldwebel, haben sie tatsächlich nur positive Erlebnisse mit dieser Crystal gehabt?"

Der Angesprochene senkte seinen Blick, spielte einen Moment schweigend mit der Mütze vor sich auf dem Tisch.

„Antworten sie bitte auf die Frage von Oliver.", sprach Bernhard den Schweigenden an.

„Nun ... ich persönlich hatte bisher mit Crystal keine besonderen Probleme. Naja, außer vielleicht, dass ich sie wirklich ständig brauche. Ohne sie wird es manchmal extrem dunkel um mich ... Noch dunkler als es ohnehin in diesem Kriegsdreck schon ist."

Oliver trat näher an den Zeugen, sprach leise, fast verständnisvoll:

„Was bedeutet, dass es ohne Crystal dunkler wird?"

„In mir entsteht dann eine unbeschreibliche Leere und Dumpfheit. Mitunter bin ich völlig apathisch, dann wieder könnte ich ausrasten. Vor drei Wochen habe ich eine Disziplinarstrafe erhalten, weil ich eine viertel Stunde wie von Sinnen mit einem schweren Hammer auf den Stahl meines Panzers eingeschlagen habe. Danach bin ich in den angrenzenden Wald gerannt – weg von meinen Leuten – und habe eine Stunde hinter einem Baum sitzend wie ein kleiner Junge geheult."

„Und sie haben sich trotzdem nie gefragt, ob Crystal ihrer Gesundheit und Psyche schadet?", fragte Oliver.

Der Feldwebel verzog sein Gesicht, schaute kurz zur Angeklagten und sprach leise:

„Der Gesundheit und Psyche schaden ... Wissen sie, wie es im Inneren eines Panzers aussieht, wenn er abgeschossen wurde? Darin sitzen fast Skelette ... nur noch Fetzen von Stoff und verbrannte Fleischreste an den Knochen ... Dann suchen sie nach Bildern in der Erinnerung, denn jeden davon kannte ich seit Jahren ... Denken daran, dass sie jetzt Briefe schreiben müssen ... an Frau und Kinder daheim ... vom heldenhaften Tod fürs Vaterland. Dabei ist absolut nichts Heldenhaftes daran, so zu verrecken. Und sie fragen sich: Wann werde ich so enden? Morgen, in einer Woche, in einem Monat? Das unsägliche Glück zu haben, diesen ganzen Dreck zu überleben ist sehr unwahrscheinlich. Deshalb, dies dürfen sie mir glauben, schaden meiner Psyche und Gesundheit andere Dinge mehr als Crystal."

Diese klatschte begeistert in die Hände und platzte dazwischen: „Na bitte, der Herr Ankläger kann bohren wie er will, ich bringe meinen Freunden nichts Böses!"

Bernhard warf einen strengen Blick zu ihr, worauf sie abwinkend sofort schwieg.

„Ich habe nicht gesagt, dass sie mir nur Gutes bringen!", wandte sich der Feldwebel an die euphorische Crystal.

„Ja, es stimmt, wegen den warmen Momenten jage ich dem Pervitin nach, wo es nur geht. Tausche es gegen Zigaretten und Verpflegung. Obgleich ich weiß, dass dies nicht ewig so gehen kann. Denn ich brauche ständig mehr davon. Sind die Tabletten einmal alle, bekomme ich fast Panik. Dabei habe ich noch gute Beziehungen zum Nachschub. Einfache Soldaten haben es da schwerer. Seit die Verteilung stark eingeschränkt wurde, gab es schwere Zwischenfälle."

Der Feldwebel knetete mit den Händen seine Mütze, scheinbar sehr erregt fuhr er fort:

„Vor zwei Monaten ist einer meiner Kommandanten durchgedreht. Ich denke, wegen seinem fehlenden Pervitin. Zumindest hat er es in den Zeiten guter Verfügbarkeit sehr intensiv eingenommen. Er war schon ein paar Tage zuvor sehr komisch drauf. Starrte manchmal wie abwesend vor sich hin, hatte dann wieder Wutanfälle, um Sekunden später völlig zusammenzubrechen ... Bis die Katastrophe geschah ... Ich sah, wie er sich an einen Panzer mit offenen Luken schlich. Gerade, als ich ihm zurufen wollte, was er da treibt und übt, zog er eine Handgranate und warf sie in eine der Luken ... Ich schrie, war aber zu weit entfernt, um es verhindern zu können. Eine heftige Explosion erschütterte die Maschine. Ungeachtet der Gefahr weiterer Explosionen sprangen Kameraden mit Feuerlöschern auf den Panzer. Als der Rauch abgezogen war, konnten wir sie sehen ... Zwei unserer Leute lagen zerrissen und mit geplatzten Lungen zwischen dem Stahl im Inneren. Ich griff den Kommandanten am Uniformkragen, schüttelte ihn und schrie: „Was hast Du getan? Bist du total verrückt?"

Er blieb dabei völlig ruhig, lachte und antwortete:

„Was hast du? In dem Panzer waren Russen, sie haben sich eingeschlichen und wollten gleich auf uns schießen."

Der Feldwebel machte kopfschüttelnd eine Pause, die Oliver zu der Frage nutzte:

„Was ist aus dem Kommandanten geworden?"

„Er wurde für das, was er getan hat, von einem Feldgericht zum Tode verurteilt ... Als sein verantwortlicher Vorgesetzter musste ich das Erschießungskommando befehligen ... Ich kannte den Mann seit vier Jahren ... Ein wirklich tapferer Soldat ... Doch bis zum Schluss war er wie abwesend ... Starrte vor sich hin, weinte manchmal ... schrie dann wieder 'Es waren doch Russen!' ... Fast jede Nacht höre ich meinen Befehl 'Feuer!' und sehe das Bild vor mir, wie er getroffen zusammen bricht."

„Aber Herr Vorsitzender, was sollen solche Gruselgeschichten? Wir haben doch gehört, sofern ich überhaupt etwas damit zu tun hatte, dann nur so viel, dass ich dem Mann gefehlt habe!", rief Crystal genervt in den Raum.

„Auch ihre Anwesenheit kann gefährlich sein", flüsterte der Feldwebel.

„Wie darf ich dies verstehen?", fragte Bernhard.

Mit leiser, monotoner Stimme antwortete der Gefragte:

„Nun, ich habe ja schon die wirklich schönen Wirkungen von Crystal beschrieben ... diese sind unbestreitbar ein Teil von ihr ... allerdings können sie für einen Soldaten auch schnell – sagen wir mal – ungesund werden."

„Sprechen sie von medizinischen Folgen?", hakte Oliver nach.

„Nein", antwortete der Zeuge müde lächelnd. „Ich hatte ja bereits angemerkt, dass unsere Gesundheit aus medizinischer Sicht im Krieg von vordergründigeren Gefahren bedroht wird ... Nein ... ich meine etwas Anderes ... Sehen sie, die Euphorie, die Crystal erzeugen kann, führt manchmal dazu, dass jemand völlig das Gefühl für Gefahren verliert."

Bernhard runzelte die Stirn:

„Ich kann ihnen noch nicht ganz folgen."

Der Feldwebel spielte an seiner Mütze auf dem Tisch. Ohne Bernhard anzusehen, antwortete er, scheinbar in Erinnerungen versunken:

„Eine meiner besten Besatzungen ist deshalb gefallen ... Der Kommandant fühlte sich so stark und unbesiegbar mit Crystal, dass er bei einem Angriff mit seinem Panzer allein vorgestürmt ist ... entgegen jeder taktischen Regel. Ich habe ihm über Funk den Befehl gegeben, sofort zu stoppen und in die Formation zurückzukehren ... Doch er hat nur geschrien, dass er jetzt diese Schweine fertig macht. Wir konnten ihm nicht folgen ... So ist er allein tief zwischen die gegnerischen Panzer eingedrungen ... so, als hätte er keine Ahnung von unserer Waffengattung und keinerlei Kampferfahrung ... bis er von russischen Panzern eingeschlossen war ... Gegen das gleichzeitige Feuer so vieler Kanonen konnte sich die einzelne Besatzung allein nicht wehren. Nach wenigen Minuten zerrissen mehrere Volltreffen seinen Panzer in einer gewaltigen Explosion ..."

Jetzt schaute der Feldwebel Bernhard mit traurigen Augen an, seine Stimme zitterte:

„Verstehen sie? Crystal hat den Kommandanten nicht nur in Euphorie versetzt, sondern ihm jedes Gefühl und Bewusstsein für Gefahren genommen. So hat er sich und seine Besatzung sinnlos in den Tod getrieben."

„Boa! Vielleicht werde ich nun auch noch dafür verantwortlich gemacht, wenn jemand zu viel von mir will und deshalb übermotiviert wird.", platzte Crystal dazwischen.

Der Vorsitzende schaute wütend und fuhr sie an:

„Ich darf angesichts eines solchen Schicksals wohl um etwas mehr Respekt und Zurückhaltung bitten!"

Die Angesprochene hob die Arme, rollte mit den Augen und lehnte sich schweigend im Stuhl zurück.

„Herr Feldwebel, gab es noch andere, von ihnen als ungesund bezeichnete Wirkungen?", fragte Bernhard.

Der Angesprochene löste sich scheinbar aus seinen Erinnerungen, setzte sich aufrechter und antwortete wieder mit fester Stimme:

„Nun, nicht in meiner Einheit. Wobei der zweite Aspekt der von mir als ungesund bezeichneten Wirkungen eher die Infanterie und nicht die Panzer betrifft. Mir haben befreundete Zugführer der Soldaten zu Fuß einige Male von Todesfällen berichtet. Crystal scheint Menschen des Gefühls für die eigenen, physischen Grenzen völlig berauben zu können ... Es ist vorgekommen, dass Soldaten tagelang ohne Essen und mit wenig Wasser ununterbrochen marschierten ... bis sie einfach total unterzuckert und dehydriert ohne jede Vorwarnung tot umfielen."

Gerade wollte Crystal wieder einen Einwurf starten, als Bernhards sehr strenger Blick sie davon abhielt. Auf die Frage, ob sie noch etwas von dem Zeugen wissen will, winkte sie ab.

„Oliver, haben sie noch Fragen an den Zeugen?"

„Nein, danke."

„Dann sind sie entlassen und können gehen.", wandte sich Bernhard an den Feldwebel.

Dieser hielt für einen Moment inne, erhob sich, seine Mütze dabei aufsetzend und drehte sich zum Gehen. Bernhard schaute ihm nach und rief spontan:

„Ich wünsche ihnen viel Glück!"

Der Mann drehte sich kurz um, nickte müde und verschwand dann durch die Tür.

„Nun, Crystal, möchten sie noch mehr Zeugen aufrufen, bevor Oliver an der Reihe ist?", fragte der Vorsitzende.

„Selbstverständlich! Und vor allem Zeugen aus der Gegenwart! Die bisherigen waren ja nur Vertreter aus meiner ersten Blütezeit … An die sich ja heute von meinen vielen jungen Freunden kaum noch jemand erinnern kann.", trällerte sie fröhlich.

Oliver hob seine Hand und Bernhard bedeutete ihm, zu sprechen:

„Herr Vorsitzender, für unsere Zeugenvernehmung aus der Gegenwart hätte ich den Vorschlag, dass Anklage und Verteidigung sich abwechseln. Ich denke, dies wäre für die Findung eines sachlichen Urteils nützlich und hilfreich."

Bernhard zuckte mit den Schultern.

„Naja, dies ist etwas ungewöhnlich, aber sofern unsere Angeklagte nichts einzuwenden hat … meinetwegen."

Diese signalisierte mit einer Geste, dass es ihr wohl gleich war, in welcher Reihenfolge Zeugen geladen werden.

„Dann möchte ich jetzt meinen ersten Zeugen aufrufen.", sagte Oliver entschlossen.

Bernhard nickte und Oliver ging zur Tür, öffnete sie, verschwand kurz und betrat danach den Raum mit einem Mann, der nach Bernhards Schätzung Ende vierzig sein musste.

„Guten Tag, ich bin Bernhard, der Vorsitzende unserer Verhandlung. Oliver kennen sie ja sicher bereits und dies ist Crystal. Nehmen sie bitte auf diesem Stuhl hier Platz."

Der Zeuge folgte der Aufforderung.

„Bevor ihnen Oliver und vielleicht auch Crystal hier Fragen stellen, sind sie so freundlich und teilen uns ein paar Daten zu ihrer Person mit."

Der Angesprochene nickte, überlegte scheinbar kurz, wen er beim Sprechen anschauen sollte, richtete seinen Blick schließlich zum Vorsitzenden und begann mit klarer, fester Stimme seine Ausführungen:

„Mein Name ist Dr. Bitter. Ich bin Inhaber einer Arztpraxis für Allgemeinmedizin und seit mehreren Jahrzehnten sehr engagiert im Kampf gegen Drogen ... In den letzten zehn Jahren besonders gegen diese Crystal."

Bei den letzten Worten deutete sein Kopf mit einer Bewegung in Richtung der Angeklagten. Bernhard nickte kurz und gab mit einer Handbewegung Oliver zu verstehen, mit seiner Befragung des Zeugen zu beginnen.

„Herr Dr. Bitter, wir haben vor ihnen einige Zeugen der 'lieben' Crystal erleben dürfen, die uns ihre Wirkung in den wundervollsten Farben schilderten."

Dr. Bitter zog bei diesen Worten die Augenbrauen leicht nach oben und setzte ein zynisches Schmunzeln auf. Doch bevor er etwas sagen konnte, fuhr Oliver fort:

„Ich habe sie hier als Zeugen geladen, um von ihnen, aus qualifizierter, medizinischer Sicht einiges über Crystals

Wirkung zu erfahren ... absolut sachlich und unvoreingenommen."

Wieder hob der Angesprochene leicht die Brauen, bevor er zu sprechen begann:

„Nun, sachlich und fachlich fundiert werde ich ihnen selbstverständlich antworten ... Unvoreingenommen sicher nicht."

„Wie darf ich dies verstehen?", fragte Oliver erstaunt zurück.

„Ganz einfach: Ich habe durch meine Arbeit einfach schon zu viele von Crystal zerstörte, junge Menschen gesehen, um unvoreingenommen zu sein."

Gerade als Oliver ansetzte, etwas zu entgegnen, hob Dr. Bitter seine rechte Hand, gab damit zu verstehen, dass er noch etwas hinzufügen möchte:

„Aber, lassen sie mich ausdrücklich betonen, meine fehlende Unvoreingenommenheit wird sachliche, fachlich korrekte Auskünfte nicht verhindern."

Oliver nickte kurz und begann seine Befragung.

„Wie lässt sich aus medizinischer Sicht erklären, dass Crystal immer mehr neue 'Freunde' gewinnt?"

Dr. Bitter überlegte kurz, lehnte sich in seinem Stuhl zurück, begann dann zunächst langsam, nachdenklich zu reden. Je länger er sprach, desto flüssiger und routinierter wurden seine Sätze. Man konnte spüren, dass er nicht zum ersten Mal zu diesem Thema referierte.

„Okay, natürlich gibt es dafür sehr viele Gründe, die nicht nur aus medizinischer Sicht erklärbar sind ... Aber lassen sie uns hier und jetzt primär über Letztere reden ... Weltweit wird Crystal verschieden konsumiert. In unserem Land überwiegend auf dem Wege des Schnupfens in die Nase. Crystals 'Freunde' nennen dies oft 'eine Bahn ruppen'. Die Substanz wird dafür sehr fein zerkleinert, in Form eines Streifens auf glatter

Unterlage vorbereitet und schließlich mit einem Röhrchen tief in die Nase eingesogen. Medizinisch betrachtet hilft ihr bei der Ausbreitung sicher, dass es anfangs unbestritten positive Wirkungen gibt ... Oder, vielleicht besser formuliert, der Körper in einer Weise reagiert, die dem jungen Menschen, der sich auf Crystal einlässt, scheinbar bei der Erreichung seiner Ziele hilft und ihm mehr Lebensqualität schenkt ... Beim Konsum durch die Nase dauert es im Normalfall etwa zehn Minuten, bis der Einnehmende etwas spürt. Die dann eintretende Wirkung hält im Durchschnitt neun bis zwölf Stunden an ... Bei sehr hohen Dosen auch mal bis zu dreißig ... Crystal stimuliert dabei das zentrale und dezentrale Nervensystem. Im Hirn kommt es zur extrem verstärkten Ausschüttung von Noradrenalin und Dopamin, in den Nerven außerhalb des Hirnes von Adrenalin."

„Können sie uns etwas zu diesen Stoffen erklären?"

„Sicher könnte ich dies, ich will mich allerdings nicht in zu fachlichen Details verlieren. Die Kenntnis dieser Stoffe selbst ist ohnehin nicht so wichtig, wesentlicher sind deren Wirkungen ... Zunächst seien dabei die rein körperlich feststellbaren erwähnt ... Auch, weil Eltern oder Freunde daran durchaus erste Anzeichen für den Konsum von Crystal erkennen können. In der Wirkungszeit dieser Droge wird der gesamte Stoffwechsel beschleunigt, weshalb Puls und Blutdruck spürbar ansteigen. Ebenso erhöht sich die Körpertemperatur etwas. Die Pupillen sind unnatürlich erweitert, heißt auch bei Lichteinfall können sie sich nur schwer oder gar nicht verengen."

„Was gefällt Menschen an diesen körperlichen Reaktionen?"

„Die bisher beschriebenen Reaktionen des Körpers sind für die Konsumenten nur lästige Nebenerscheinungen. Sie registrieren primär die daraus entstehenden, praktisch gefühlten Auswirkungen ... Crystal unterdrückt das Hungergefühl sehr stark. In Kombination mit dem gleichzeitig erhöhten Stoffwechsel, führt dies zu relativ schnellen Gewichtsverlusten. Gerade in den Augen junger Mädchen oder Frauen ein zunächst als super empfundener Effekt. Okay, ebenso wird das Durstgefühl gemindert, was die Betreffenden eher weniger interessiert, allerdings unter Umständen bei ernsthafter Dehydrierung lebensgefährlich werden kann. Und – wie sicher auch schon von vorherigen Zeugen berichtet – unterdrückt Crystal extrem das Gefühl von Müdigkeit, hilft den Konsumenten – je nach Dosis – tagelang ohne Schlaf auszukommen. Dies wird sowohl für das übliche Wochenendfeiern wie auch für die Arbeit oder das Lernen als höchst nützlich empfunden. Zumal es beim anfänglichen Kennenlernen von Crystal tatsächlich ebenso zu einer Steigerung des Selbstbewusstseins, von Aufmerksamkeit und allgemeiner Leistungsfähigkeit kommt. Die Betreffenden haben in diesem Zustand einen deutlich erhöhten Bewegungs- und Rededrang, das sexuelle Verlangen und die sexuelle Ausdauer sind extrem gesteigert ... Was unter jungen Leuten als sehr cool gilt. Das Ganze dann noch begleitet von euphorischen Glücksgefühlen in einer Intensität, wie sie unser Körper ohne fremde Substanzen selbst nicht erzeugen kann."

„Na, bitte! Klingt doch alles toll! Eigentlich hätte ich sie als meinen Zeugen einladen sollen!", platzte Crystal Dr. Bitter ins Wort. Dieser verzog leicht sein Gesicht und antwortete mit ruhiger Stimme:

„Nun, meine werte Feindin, üben sie sich etwas in Geduld."

„Allerdings, gestatten sie mir den Einwurf, klingt das bisher ausgeführte doch wirklich sehr positiv?", wandte sich Oliver an seinen Zeugen.

„Ja, absolut ... und wir müssen über diese vermeintlich positiven Wirkungen auch zuerst sprechen! Wie wollen wir sonst sinnvoll aufklären? Zu den schrecklichen, anderen Wirkungen und Folgen des regelmäßigen Kontaktes mit Crystal komme ich noch ausführlich .... Aber damit sollten wir hier nicht beginnen, denn dann läuft unsere Aufklärung ins Leere. Reden wir nur über Crystals schreckliche, grausame Seiten, werden wir viele junge Menschen nicht erreichen, weil sie bei einem Erstkontakt mit Crystal nichts von diesen negativen Dingen erleben, sondern zunächst nur ihr Lächeln, ihre positiven Wirkungen spüren. Sich dann eventuell fragen: Was für einen ausschließlich negativen Mist erzählen denn ständig diese Kämpfer gegen Crystal? Alles Lügen, nichts davon kann ich an mir erkennen! ... Tja, und nach einer solchen Feststellung werden uns diese jungen Menschen nicht mehr zuhören ... Bis es zu spät ist."

Dr. Bitter machte eine kurze Pause, schloß für einen Moment nachdenklich seine Augen. Gerade als Oliver eine weitere Frage an ihn richten wollte, begann er seine Ausführungen fortzusetzen:

„Lassen sie mich zwei problematische Dinge erwähnen, die auch in dieser ersten, scheinbar ausschließlich positiven 'Startzeit' mit Crystal sofort präsent sind."

Der Zeuge wandte sich an Oliver:

„Sind sie schon einmal mit einem Fallschirm aus einem Flugzeug gesprungen?"

Oliver schien überrascht, nickte und antwortete:

„Ja, ich habe während meiner Jugend eine Fallschirmsprungausbildung absolviert."

„Nun, dann lassen sie uns einmal bei diesem Beispiel bleiben. Können sie sich noch an ihren ersten Sprung erinnern?"

„O ja, sehr gut sogar!"

„Warum ist diese Erinnerung so gegenwärtig?"

„Weil es einfach eines der intensivsten Erlebnisse gewesen ist, welches ich je hatte ... Die Spannung davor, die Intensität des Wahrnehmens jeder Sekunde während des Sprunges, die Euphorie danach ... einfach unvorstellbar."

Dr. Bitter lächelte zufrieden, denn Olivers Worte schienen perfekt für seine geplante Erklärung geeignet zu sein. Er fragte zurück:

„Haben sie die folgenden Sprünge ebenso intensiv empfunden?"

Oliver dachte kurz nach, schüttelte leicht den Kopf:

„Sie waren auch intensiv, aber die Intensität des ersten Sprunges konnten sie nicht toppen."

„Sehen sie, schon sind wir mit diesem Beispiel bei der ersten, problematischen Sache, die bereits in der vermeintlich positiven Zeit mit Crystal auftaucht: Will ein Konsument die anfänglich erreichten Wirkungen wiederholen, wird er dies mit der stets gleichen Dosis von Crystal nicht schaffen ... Er wird die von ihr konsumierte Menge unaufhörlich Schritt für Schritt erhöhen müssen."

Oliver setzte gerade an, etwas sagen zu wollen, als sein Zeuge ihm mit einer Handbewegung andeutete, noch zu warten.

„Bevor sie etwas dazu fragen, lassen sie mich gleich noch das zweite, sofort vorhandene Problem erwähnen ... Ein Bekannter hat dies einmal sehr bildhaft formuliert: Im Gegensatz zu den meisten anderen Suchtmitteln, schlägt Crystal bereits beim ersten Kontakt wie eine scharfe Axt eine brutal tiefe Kerbe ins Suchtgedächtnis."

„Darf ich dies so verstehen, dass es in Crystals Fall das einmalige Probieren kaum gibt?"

„So ist es ... ihr reicht man nicht einmalig die Hand. Sie will alles ... die Wiederholung bis zur völligen Zerstörung. Und in der Regel bekommt sie, was sie will."

„Was heißt 'in der Regel'?", hakte Oliver nach.

Dr. Bitter atmete einmal tief ein und aus, bevor er antwortete: „Nun, ich höre gelegentlich den Einwand, dass jemand auch Ausnahmen kennt. Leute, die doch nur einmalig von Crystal 'gekostet' haben oder die sogar ohne fremde Hilfe von ihr wieder los kamen. Und ich will nicht bestreiten, dass es solche Ausnahmen gibt. Wenn ich deshalb 'von in der Regel' spreche, dann meine ich damit stets die Erfahrungen aus meiner Praxis. Die Erfahrungen aus tausenden von Fällen, die zu neunundneunzig Komma neun Prozent ohne diese Ausnahmen verlaufen."

Oliver nickte.

„Ich verstehe. Und wie verlaufen diese Fälle ohne Ausnahme aus medizinischer Sicht weiter?"

„Sie verlaufen so, dass sich neben den anfänglich ausschließlich positiven Wirkungen bald auch Crystals dunkle Seite offenbart. Durch das ständige Schniefen der Substanz wird sehr schnell die Nasenschleimhaut verletzt. Was Abhängige zunächst nicht einmal als nachteilig empfinden. Denn Verletzungen dieser Schleimhaut lassen Crystal noch schneller in die Blutbahn eindringen und wirken. Es gab Zeiten, da wurden, um solche Verletzungen bewusst herbeizuführen, der Substanz sogar feinste Glassplitter beigemischt ... Bei intensiven Langzeitkonsumenten sind nicht selten die Nasenscheidewände völlig weggeätzt. Nach relativ kurzer Zeit stellen sich bereits die ersten dunklen Nebenwirkungen ein. Anfänglich vor allem registrierbar in den Phasen zwischen dem Konsum von Crystal. Schlaf- und Konzentrationsstörungen machen sich bemerkbar, begleitet von Nervosität, Unruhe und einem eingeschränkten Kurzzeitgedächtnis. Oft zeigt sich eine zwanghafte, planlose, motorische Aktivität ... auch tritt häufig eine starke Hypermotorik der Kaumuskelaktivität, ein sogenannter Kau-Flash auf. Gerade in dessen Folge schleifen sich Crystals 'Freunde' ihre Zähne nicht selten bis auf den Schmelz ab. Ebenso klagt das betroffene Klientel über Übelkeit, Kopf- und Muskelschmerzen sowie Herzrhythmusstörungen ... In Verbindung mit Alkohol, neigen Crystalkonsumenten in der Regel zu sehr aggressivem Verhalten .... Es gibt im Übrigen sehr viele, extrem gefährliche Wechselwirkungen von Crystal in Kombination mit der Einnahme anderer Substanzen! Ich möchte aus Zeitgründen an dieser Stelle darauf nicht ausführlich eingehen. Nur für den Fall, dass mir heute auch Abhängige zuhören, will ich erwähnen, wie hoch die Gefahr einer Überdosis in Kombination mit anderen Substanzen ist. Körperliche Symptome dafür sind Fieber, Schwitzen, ein trockener Mund, plötzlicher Blutdruckabfall und Schwindelgefühl, unkontrolliertes Zittern und Angstzustände. Bei diesen Anzeichen sollte unbedingt medizinische Hilfe angefordert werden, denn solch ein Zustand kann bis zum völligen Kollaps und dem Tod führen."

Dr. Bitter dachte einige Sekunden nach, bevor er zu Oliver schauend fortfuhr:

„Wie ich von ihnen weiß, werden sie ja noch einen Kollegen als Zeugen aufrufen, der auf das Thema Psyche spezialisiert ist. Deshalb will ich auf diesen Komplex hier nicht ausführlich eingehen. Nur so viel vielleicht: Wenn Crystal über einen längeren Zeitraum in relativ hohen Dosen ohne Ruhepausen konsumiert wird, kommt es häufig zu Sinnestäuschungen, sogenannten visuellen und akustischen Halluzinationen .... Bedingt durch Nährstoff- und Schlafmangel in solchen Phasen, kann es ebenso zu extremer Angst und Paranoia kommen. Man spricht dabei von sogenannten akuten, psychotischen Zuständen."

Wieder machte Dr. Bitter eine kurze Pause, schien seine Gedanken zu ordnen.

„Sehen sie, viele Todesfälle von Crystalkonsumenten resultieren aus solchen psychotischen Zuständen ... Selbstmord aus panischer Angst ... oder das, wenn ich dies einmal so nennen darf, versehentliche Sterben ... Wir wissen aus Berichten Überlebender, dass niemand absichtlich sterben wollte ... Aber man fühlte sich in Crystals Nebel eben befähigt, von einem Fenster in der fünften Etage zu einem zehn Meter entfernten Fenster auf der gegenüber liegenden Seite zu springen ... Ich denke, jedem von uns fällt es schwer, sich so einen Zustand aus Sinnestäuschung, Angst und Verfolgungswahn vorzustellen. Vielleicht darf ich ihnen von einem Fall aus meiner Praxis erzählen ... Ein junger Mann hatte einen Termin bei mir. Wegen eines wichtigen Anrufes, den ich gerade erhielt, musste er noch ein paar Minuten warten. Er wandte sich an eine meiner Sprechstundenhilfen und bat diese, ihm ein Blatt Papier und einen Stift zu geben, damit er, während er wartet, ein paar wichtige Sachen notieren kann ... Mein Telefonat dauerte etwa drei Minuten ... Als der Patient nach dieser kurzen Zeit mein Zimmer betrat, hatte er das A4-Blatt beidseitig mit kleiner Schrift beschrieben und reichte es mir zum Lesen ... Als Erstes stand dort, ich solle diese Zeilen nur zur Kenntnis nehmen, aber auf keinem Fall mit ihm darüber sprechen, da er vermutet, dass auf seinem Handy eine Software installiert wurde, durch die alle seine Gespräche mitgehört werden können ... Weiter führte er in seinen Zeilen unter anderem aus, dass seine Freundin einen neuen Mann hätte und beide planten, ihn zu töten ... Ich werde niemals den entsetzten Gesichtsausdruck meines Patienten vergessen, als ich trotzdem den Versuch unternahm, mich mit ihm zu seinen Zeilen unterhalten zu wollen. Dazu gestikulierte er will herum und drückte den gestreckten Zeigefinger seiner rechten Hand fest gegen seine Lippen ... In seinen weit aufgerissenen Augen konnte ich pure, real empfundene Angst sehen."

Oliver unterbrach seinen Zeugen:

„Nun, vielleicht war seine Angst auch real? Wer weiß, in welchen Kreisen er lebte?"

Dr. Bitter lächelte müde, schüttelte leicht seinen Kopf, bevor er antwortete:

„Der junge Mann lebte schon seit zwei Jahren auf der Straße und aus vielen Gesprächen zuvor wusste ich, dass er noch nie eine Freundin hatte ... Allerdings haben sie in einem Punkt recht: Für ihn war seine panische Angst real ... Doch sie hatte nichts mit der Realität zu tun."

Olivers Zeuge atmete einmal tief durch, bevor er hinzufügte:

„Wie bereits gesagt, will ich mich dem Thema Psyche jetzt nicht zu sehr zuwenden ... Doch eine Anmerkung gestatten sie mir bitte noch: Die anfänglich vermeintlich positiven Wirkungen dieser Dame dort", dabei deutete Dr. Bitter mit einem Kopfnicken in Crystals Richtung, „enden immer für ihre 'Langzeitfreunde' in der sozialen Katastrophe."

Bernhard wandte sich jetzt an den Zeugen:

„Herr Dr. Bitter, ich bin das Thema Sucht betreffend ein Laie. Wären sie deshalb so freundlich, mir näher zu erläutern, was sie mit der Umschreibung 'soziale Katastrophe' meinen?"

Der Zeuge lehnte sich in seinem Stuhl etwas zurück, atmete einmal tief ein und aus, faltete seine Hände auf dem Tisch und begann langsam, nachdenklich zu sprechen:

„Tja, Herr Vorsitzender, wie erkläre ich dies am Besten in der Kürze der Zeit ... Sehen sie, für das Zusammenleben von Menschen sind gewisse Rahmenbedingungen unablässig ... Dazu gehört auch ein bestimmtes Grundvertrauen ... Nehmen wir als Beispiel eine vierköpfige Familie: Frau, Mann, zwei

Kinder. Sie wohnen in einem Haus. Niemand verschließt darin Türen von Zimmern. Wenn jemand nach Hause kommt, hängt er seine Jacke im Flur auf, stellt seine Tasche ab ... ohne zu überlegen, ob er darin wichtige Schlüssel, Papiere, Handy oder Geld hat. Jeder im Haus kennt und akzeptiert bestimmte Regeln, wozu auch zählt, dass man sich nicht am Eigentum des Anderen vergreift, seine Privatsphäre respektiert."

Dr. Bitter machte eine kurze Pause, beugte sich leicht nach vorn, fixierte mit einem zornigen Blick Crystal und schlug mit den Handflächen auf den Tisch.

„Mit der sogenannten Freundschaft dieser Dame dort zu einem Mitglied unserer beispielhaften Familie wird dies alles anders! ... Zuerst einmal drücken sie die Klinke der Haustür nicht in der freudigen Erwartung des Daheimseins nach unten, sondern mit der Angst, ob es neue, böse Überraschungen gibt. Sie können ihre Brief- oder Handtasche nicht einfach irgendwo ablegen, sondern müssen nachdenken, wo sie diese vor dem Zugriff eines Crystal-Kindes geschützt sicher verwahren können ... Irgendwo wegschließen? Ja, aber wohin dann mit dem Schlüssel? Ihn immer bei sich tragen? Trotzdem werden sie es nicht verhindern können, dass ihr Crystal-Kind es doch schafft, Geld oder Geldkarte zu entwenden ... Es werden auf wundersame Weise Dinge aus dem Haus verschwinden ... mal ein Handy, mal ein paar wertvolle CD's, mal teures Werkzeug, mal Schmuck ... In einer Familie aus meinem Patientenkreis waren eines Tages Autoschlüssel und Auto verschwunden ... Beides vom crystalabhängigen Sohn zu Geld gemacht ... Irgendwann werden sie nicht nur Angst davor haben, nach Hause zu kommen, sondern auch davor, es zu verlassen. Warum? Nun, weil sie sich davor fürchten, es könnte in ihrer Abwesenheit etwas passieren ... Ein Beispiel: Abhängige haben Phasen, in denen sie frieren ... gerne wird dann ein elektrisches

Heizgerät dicht ans Bett gestellt oder sogar ein auf voller Leistung laufender Föhn mit ins Bett genommen ... in welchem Crystals Freund dann oft völlig weggetreten liegt und nichts davon mitbekäme, wenn sich etwas entzündet ... Im Übrigen will ich neben diesen Gefahren nur am Rande darauf verweisen, dass diese Abhängigen ebenso zunehmend jeden Sinn für Ordnung und Sauberkeit verlieren ... Wenn sie einmal die Wohnung eines solchen Menschen sehen, würden sie sich wahrscheinlich übergeben ... Der Boden voller Klamotten, überall Staub, Dreck, Essensreste, Zigarettenasche, Gestank ... Genauso entwickelt sich der Zustand des Zimmers eines Abhängigen, der noch Zuhause lebt ... und dieser Zustand dringt irgendwann aus dem Zimmer heraus, breitet sich auch in den Wohnbereich der anderen Familienmitglieder aus ... Eine Mutter hat mir einmal verzweifelt ein Foto ihrer Küche gezeigt, nachdem ihr crystalabhängiger Sohn sich dort Essen gemacht hat ... Um den ursprünglichen Zustand wieder herzustellen, musste sie fast zwei Stunden putzen ... Sicher wird jetzt manche Mutter denken: Was soll das? Ich habe meinem Kind auch schon Dinge in der Küche nachräumen müssen! ... Glauben sie mir, ein solches mal Nachräumen hat nichts mit dem zu tun, was sie bei einem Crystal-Kind vorfinden! Dies hat nichts mit 'Nachräumen' gemein, sondern eher mit der Beschreibung der berühmten Handgranate in der Küche ... Allerdings dies nicht nur einmal im Monat, sondern, ab einem bestimmten Grad der Präsenz von Crystal, täglich ... Es wird, bleibt ein Kind der Familie lange genug mit dieser Crystal befreundet, der Zeitpunkt kommen, dass für alle anderen Familienmitglieder der Gedanke an zu Hause nur noch Stress und Angst auslöst ..."

„Ich verstehe diesen Aspekt", warf Bernhard ein, „aber es muss doch möglich sein, auch einem von Crystal Abhängigen bestimmte Grenzen aufzuzeigen?"

Dr. Bitter schaute den Vorsitzenden mit einem müden Lächeln an, wiegte seinen Kopf einige Male nachdenklich hin und her, bevor er antwortete:

„Haben sie schon einmal einen stark betrunkenen Menschen erlebt?"

„Ja, leider schon des Öfteren.", entgegnete Bernhard.

„Glauben sie, einem Menschen in diesem Zustand Grenzen aufzeigen zu können, die er einhält?"

„Naja", antwortete Bernhard nachdenklich, „so einem Betrunkenen sicher nicht … Allerdings ist doch ein von Crystal Abhängiger nicht ständig so unterwegs wie einer mit zwei Promille auf der Lampe?"

Wieder lächelte Dr. Bitter müde:

„Crystals Freund sieht man es, als jemand der von Drogen keine Ahnung hat, nicht stets so offensichtlich an wie unserem Beispiel mit zwei Promille. Doch glauben sie mir, sein Verstand ist oft viel stärker getrübt als bei einem stark Betrunkenen … Ich will nicht bestreiten, dass sie mit einem Drogenabhängigen in Phasen gewisser Klarheit auch über Grenzen sprechen können. Und er wird immer Besserung loben, ihnen versprechen, was sie hören wollen … bis sein ganzes Handeln erneut nur von einem Antrieb bestimmt wird: Der Sucht nach Crystal … Und hat sie erst einmal wieder von seinem Körper und Geist Besitz ergriffen, wird alles Besprochene vergessen sein!"

„Aber, wenn dies so ist, wie kann man dann mit einem solchen Abhängigen als Familie zusammen leben?", fragte Bernhard leise und nachdenklich.

Der Zeuge legte die Hände auf die Oberschenkel, wippte auf seinem Stuhl vor und zurück, warf Crystal einen hasserfüllten Blick zu und antwortete mit einem Hauch von Resignation in der Stimme:

„Das kann man dauerhaft nicht! Dies ist eben ein Aspekt, der meine Formulierung der sozialen Katastrophe umschreibt ... Entweder, jemand schafft es, sich von Crystal dauerhaft zu lösen und in ein drogenfreies Leben zurückzukehren oder seine Familie wird ihn aus ihrem Zuhause ausschließen müssen, um nicht komplett zu zerbrechen ... Ein normales oder wenigstens erträgliches, soziales Miteinander ist mit Crystals intensiven Freunden nicht machbar ... Im Übrigen ist dies nicht nur innerhalb der Familie so ... Dieses Problem zieht sich ebenso durch die Bereiche Schule oder Beruf."

„Sie meinen, auch in Schule und Beruf kommt es stets zum Bruch?", fragte der Vorsitzende überrascht.

„Wie viele, intensiv von Crystal abhängige Leute kennen sie denn, die über einen Schul- oder Berufsabschluss verfügen und dauerhaft einer geregelten Arbeit nachgehen?"

Bernhard zuckte mit den Schultern. Ohne eine Antwort abzuwarten, fuhr Dr. Bitter fort:

„Ich kenne keinen solchen Fall ... Dies ist sicher auch darin begründet, dass zu den bereits beschriebenen Problemen eines sozialen Miteinanders noch ein weiteres kommt: Der praktisch völlige Verlust von Planbarkeit, Termintreue und ein Mindestgrad an Zuverlässigkeit ... Sie können mit solch einem Kandidaten natürlich einen Termin vereinbaren ... Ob er ihn dann allerdings einhält, gleicht einem Lotteriespiel ... Die Kollegen in den Suchtberatungsstellen können ihnen ein Lied zum Thema vergessene Termine singen ... Und welcher Arbeitgeber will heute einen Mitarbeiter, von dem er keinen Tag weiß, ob er morgen zur Arbeit erscheint oder nicht?"

Dr. Bitter schwieg. Sein Blick wirkte traurig.

Jetzt wandte sich Oliver an seinen Zeugen:

„Möchten sie noch etwas sagen oder sind sie mit ihren Ausführungen – für die ich ihnen sehr danke – am Ende?"

Der Angesprochene schaute auf und sprach mit leiser, traurig klingender Stimme:

„Wissen sie, in dem Haus, in welchem sich meine Arztpraxis befindet, arbeitet auch eine Kinderärztin. Dort sehe ich Eltern, die mit ihrem kleinen, unschuldigen Nachwuchs diese Kollegin aufsuchen … Die alles tun, um ihre Kinder behütet aufwachsen zu lassen … sie schützen und umsorgen … ihnen den Weg in eine gute Zukunft ebnen wollen … Dann werde ich manchmal sehr traurig, sehe in Gedanken die verweinten, mutlosen Augen jener Eltern vor mir, denen diese Crystal ihre Kinder geraubt und zerstört hat."

Oliver musste bei diesen Worten des Arztes schlucken, spürte, wie wegen seiner eigenen Erinnerungen Tränen in ihm aufstiegen. Mit brüchiger Stimme wandte er sich an Bernhard und Crystal:

„Haben sie noch Fragen an den Zeugen?"

Der Vorsitzende schüttelte nachdenklich den Kopf, während Crystal gereizt antwortete:

„Ich habe an diesen Herrn mit seiner gegen mich vorgefertigten Meinung keine Fragen mehr."

Noch bevor der Zeuge etwas entgegnen konnte, ergriff Oliver das Wort:

„Herr Dr. Bitter, lassen sie sich nicht provozieren! Ich danke ihnen herzlich für ihre Ausführungen … Sie können jetzt gehen oder auch gerne im Zuschauerraum Platz nehmen."

„Ich hoffe, sie sehen es mir nach, wenn ich nicht weiter an der Verhandlung teilnehme. Einmal wartet heute noch ein ziemliches Pensum Arbeit auf mich und zum Anderen denke ich, die dunklen Seiten dieser Crystal genug zu kennen."

Nachdem der Angesprochene seinen Platz geräumt hatte, wandte sich Bernhard an die Beiden vor ihm:
„Wie verfahren wir weiter? Wer von ihnen will den nächsten Zeugen aufrufen?"
„Nun", ergriff Crystal das Wort, „der nächste Zeuge steht ja eigentlich mir zu."
„Ja, so haben wir es vereinbart. Doch was soll das Wort 'eigentlich' in ihrem Satz bedeuten?", hakte der Vorsitzende nach.
Crystal schien, entgegen ihrem sonstigen Auftreten, etwas verlegen. Ohne den Vorsitzenden anzuschauen, antwortete sie:
„Naja, mein Zeuge wird sich leider verspäten und kann von mir noch nicht aufgerufen werden."
Oliver konnte sich ein Grinsen nicht verkneifen. Mit zynischem Unterton warf er ein:
„Oje, ich hoffe, die Terminprobleme ihres Zeugen haben nichts mit der 'Freundschaft' zu ihnen zu tun?"
Noch bevor Crystal antworten konnte, schaltete sich Bernhard mit strenger Stimme ein:
„Bitte, wir wollen uns doch nicht ständig provozieren, sondern einen sachlichen Dialog führen … Oliver, ist es möglich, dass wir einen Zeugen von ihnen vorziehen, um nicht unnötig warten zu müssen?"
Der Angesprochene überlegte kurz.
„Grundsätzlich schon … Nur hätte ich diese Zeugin lieber später gehört, damit die Beteiligten unseres Verfahrens die Zusammenhänge besser verstehen."

Der Vorsitzende zwinkerte Oliver wohlwollend zu:

„Na, ich denke, sie werden die Befragung so hinbekommen, dass wir ihnen auch jetzt schon folgen können?"

Wenige Minuten später saß auf dem Zeugenstuhl eine junge, attraktive Frau.

„Sind sie so freundlich und geben uns zu Beginn einige Informationen zu ihrer Person?", leitete Bernhard die Befragung ein.

„Mein Name ist Schenker, Julia Schenker. Ich bin vierundzwanzig Jahre alt und von Beruf Bankkauffrau."

Mit einer Geste in Olivers Richtung forderte der Vorsitzende diesen auf, nunmehr die Befragung fortzusetzen.

„Frau Schenker, ihr genannter Beruf hat nicht unmittelbar etwas mit unserem Thema hier zu tun und sie sehen nicht so aus, als hätten sie schon persönlich Crystals Bekanntschaft gemacht?", wandte sich Oliver an seine Zeugin.

„Nein, mein Beruf hat nichts damit zu tun, dass ich heute hier bin … Und das Thema 'persönliche Bekanntschaft von Crystal' müssten wir vielleicht genauer definieren."

„Bitte erzählen sie uns doch, woher sie die Angeklagte kennen."

Die Zeugin dachte kurz nach, bevor sie antwortete:

„Tja, womit beginne ich am Besten … Nun, vielleicht mit der Feststellung, dass ich selbst niemals von dieser Crystal 'gekostet' habe." Bei ihrem vorletzten Wort deuteten die Zeigefinger von Frau Schenker Gänsefüßchen in der Luft an.

„Trotzdem hatte ich fast fünfzehn Jahre indirekt mit dieser Person zu tun … durch meinen Bruder. Mit zwölf Jahren hat Crystal ihn zu sich gezogen und dann nicht mehr losgelassen."

„Hatte dieser Umstand tatsächlich auch auf ihr Leben einen so spürbaren Einfluss?", hakte Oliver nach.

Die Zeugin lächelte müde, atmete tief ein und aus, schloss kurz die Augen und begann dann zu antworten:

„Einen spürbaren Einfluss ... ja, so könnte man dies wohl freundlich formuliert nennen ... Wissen sie, mein Bruder und ich hatten vor dieser Crystal ein sehr gutes Verhältnis ... Er war ein bildhübscher Kerl, angehimmelt von fast allen meinen Freundinnen ... in der Schule bei den Besten ... als seine kleine Schwester hat er mich stets beschützt und sich um mich gekümmert ... Mit dem Beginn seiner 'Crystal-Freundschaft' änderte sich das, wobei ich anfangs gar nicht verstand, was da jetzt passierte ... Wegen unserer zunehmenden Auseinandersetzungen dachte ich, er ist halt auf dem Weg zum Erwachsenwerden ein Arschloch geworden."

„Sie hatten Auseinandersetzungen?", fragte Oliver.

„Lassen sie mich so antworten: Nicht nur das Leben der direkten Freunde dieser Crystal kann zur Hölle werden, sondern auch das der Familie dieser Abhängigen ... Als Schwester war ich anfangs oft innerlich zerrissen zwischen meiner Liebe zu dem Bruder, den ich vor seinem Crystalkonsum kannte und dem Hass auf ihn, wenn er wieder auf Droge unterwegs war."

„Ist die Wortwahl 'Hass' unter Geschwistern nicht etwas übertrieben und unpassend?", fragte Bernhard vorsichtig. Die Zeugin schaute kurz nach links zum Vorsitzenden. Ihr Blick war eine Mischung aus Traurigkeit und Zorn. Dann legte sie ihre Hände vor sich auf den Tisch und antwortete leise:

„Ja, eigentlich sollte es solch einen Begriff zwischen Geschwistern nicht geben ..."

Nach einer kurzen Pause schien ein Ruck durch den Körper der jungen Frau zu gehen und mit fester, selbstbewusster Stimme fuhr sie fort:

„Ich weiß nicht, was sie heute hier schon gehört haben oder noch hören werden, deshalb beschränke ich mich auf die Sicht als Schwester eines Crystal-Abhängigen ... Glauben sie mir, so schrecklich es klingt, aber mit den Jahren kann aus der Liebe zwischen Geschwistern wirklich purer Hass entstehen ... Nicht nur wegen der unmittelbaren Auseinandersetzungen zwischen meinem Bruder und mir. Auch in dieser Hinsicht gab es oft genug schlimme Momente ... Wenn er richtig 'unterwegs' gewesen ist ... aggressiv, beleidigend, brutal ... Nicht nur einmal bin ich nach Hause gekommen und mein Zimmer war von ihm auf der Suche nach Geld verwüstet worden ... Oder er hat mich sogar geschlagen, um mir ein paar Euro für Crystal abzupressen."

Die Zeugin machte eine kurze Pause, bevor sie mit zitternder Stimme ihre Ausführungen fortsetzte:

„Noch viel schlimmer als diese direkten Auseinandersetzungen waren jedoch zwei andere Ebenen des Zusammenlebens mit ihm in einer Familie: Einmal meine anfängliche, innere Zerrissenheit. In seinen akuten 'Crystal-Phasen' habe ich meinen Bruder irgendwann wirklich nur noch gehasst, hatte Angst vor ihm ... Doch dann kamen die Phasen dazwischen ... Wenn er körperlich fertig einen Zusammenbruch hatte, nur noch einem kaputten Häufchen Elend glich ... Dann krampfte sich lange Zeit mein Herz zusammen, empfand ich Mitleid und für einige Momente die alte Geschwisterliebe ... Wollte ihm helfen, dass er es schafft, sich aus dem Griff dieser Crystal zu lösen ... Mit den Jahren seiner Abhängigkeit wurden diese Gefühle jedoch immer weniger."

Wieder hielt Frau Schenker kurz inne, atmete tief ein und aus, bevor sie sichtlich emotional erregt fortfuhr:

„Vielleicht noch verletzender ist der zweite Aspekt ... Meine Eltern und Großeltern haben, bevor diese Crystal in unsere

Familie eingedrungen ist, sich stets bemüht, ihre Liebe und Fürsorge gleichberechtigt meinem Bruder und mir zukommen zu lassen ... Je länger die Sucht meines Bruders dauerte, je mehr änderte sich dies. Irgendwann drehten sich fast alle Gespräche nur noch um ihn und seine Abhängigkeit von dieser Crystal. Im Gegensatz zu ihm, musste ich alle Phasen eventueller Hoffnung, der stets darauf folgenden Enttäuschung und Verzweiflung, des Streites zwischen meinen Eltern oder Großeltern mit klarem Verstand erleben und aushalten. Ab einem bestimmten Punkt hatte ich gar keine Lust mehr, nach Hause zu kommen ... Statt mich auf meine Familie zu freuen, überwog die Angst davor, welcher Stress mich nach dem Öffnen der Haustür erwartet."

Die Zeugin drehte sich zu Bernhard, fixierte ihn mit festem Blick und fragte mit zorniger Stimme:

„Wissen sie, was am meisten weh tat und Gefühle des Hasses aufkommen ließ?"

Der Vorsitzende schüttelte vorsichtig den Kopf, war etwas erschrocken von Blick und Stimme der jungen Frau neben sich.

„Ab einem gewissen Punkt schien ICH gar nicht mehr für meine Familie zu existieren! Alle konzentrierten sich nur noch auf unseren Crystal-Abhängigen! Wenn ich meine Großeltern anrief, war stets die erste Frage: Wie geht es deinem Bruder? Überall war dies die erste Frage! Und das von mir als noch schlimmer Empfundene: Es gab keine Zweite, die da hieß: Wie geht es dir, Julia? ... Am Schlimmsten waren diese Momente, wenn ich echt den Eindruck hatte, es interessiert gerade wirklich niemanden, wie es mir geht. Oder ich tatsächlich mit Problemen kämpfte und mir so sehr wünschte, es möge mir jemand aus der Familie diese Frage stellen ... Manchmal allerdings konnte ich meinen Eltern oder Omas und Opas wirklich ansehen, dass es nicht an ihrem mangelnden Interesse lag, sondern daran, dass sie einfach keine Kraft mehr hatten, mich zu fragen und sich um mich zu kümmern … Besonders in den Momenten, wenn nach aufkeimender Hoffnung, mein Bruder schaffe es vielleicht, sich von dieser Crystal zu lösen, wieder ein Rückfall erfolgte, waren die Augen aller Familienmitglieder nicht nur verweint, sondern leer und ohne jede Kraft … Bei diesem Anblick habe ich oft nicht nur Hass gegenüber dieser Crystal verspürt, sondern auch gegenüber meinem Bruder, dem seine Sucht scheinbar wichtiger war, als die Schmerzen unserer Familie."

Die Zeugin schwieg kurz, wischte sich ein paar Tränen von den Wangen.

„Wissen sie, rational konnte ich schon erfassen, dass ich selbstverständlich weder meinen Eltern noch Großeltern egal gewesen bin, dass sie auch für mich noch Liebe empfanden … Trotzdem war es ungemein verletzend, gefühlt immer und immer wieder nur nach dem Problemkind der Familie wahrgenommen zu werden. Auch ich hatte manchmal Stress, hätte mir oft gewünscht, dass ein Mitglied unserer Familie von sich aus fragt: Julia, hast du Sorgen, möchtest du über etwas reden, können wir dir helfen?"

Für ein paar Sekunden schloss die Zeugin die Augen, bevor sie weiter sprach:

„Nun, ich habe selbst noch keine Kinder. Aus eigener und der Erfahrungen befreundeter Familien scheint es jedoch so zu sein, dass sich Eltern instinktiv auf jenes Kind konzentrieren, welches scheinbar die größten Probleme hat. In dem einen oder anderen Moment ging mir sogar der Gedanke durch den Kopf, vielleicht selbst einmal Drogen zu nehmen, um wieder gleichberechtigt wahrgenommen zu werden."

Müde lächelnd und mit einem leichten Schulterzucken schob Frau Schenker nach:

„Natürlich hätte ich dies nie getan ... Denn – sofern man in diesem Zusammenhang das Wort benutzen darf – einen Vorteil hatte die intensive Beziehung meines Bruders zu dieser Crystal für mich: Ich musste täglich sehen, was sie aus einem Menschen macht und wäre deshalb nicht eine Sekunde ernsthaft auf die Idee gekommen, mich selbst mit ihr einzulassen."

„Darf ich sie fragen", meldete sich Oliver zu Wort, „wie sie es geschafft haben, über die vielen Jahre mit den gerade beschriebenen Gefühlen klarzukommen? Sicher kostete dies doch auch ihnen sehr viel Kraft?"

Die Zeugin nickte heftig:

„Ja, sehr viel Kraft ... Die ich irgendwann allerdings nicht mehr hatte oder wohl auch nicht mehr bereit war, sie ständig aufzubringen. Schließlich habe ich auch noch ein eigenes Leben ... Deshalb bin ich, sobald dies möglich war, von zu Hause ausgezogen und habe den Kontakt zu meinem Bruder komplett eingestellt. Selbst zu meiner Familie hielt ich einen gewissen Abstand. Sofern wir uns trotzdem trafen, war meinerseits unmissverständlich klargestellt, dass ich nichts, aber auch wirklich absolut nichts von meinem Bruder wissen will."

„Und das hat funktioniert?"

„Nach anfänglichen Verstößen, gegen die ich mich energisch gewehrt habe, ging dies sehr gut. Verstehen sie mich dabei bitte nicht falsch. Mir ist diese Vorgehensweise nicht leicht gefallen, aber ich habe einfach auch Kraft für mein Leben benötigt und konnte mich nicht immer wieder herunterziehen lassen."

„Wie ist heute das Verhältnis zwischen ihnen und ihrem Bruder?", wollte Bernhard wissen.

Die Zeugin überlegte einen Moment, bevor sie antwortete:

„Nun, wir haben eine Art vorsichtigen Kontakt ... Diesen habe ich nur zugelassen, weil mein Bruder seit längerer Zeit den Umgang mit dieser Crystal vermieden hat und die Hoffnung besteht, dass er es vielleicht schafft, sich völlig aus dem Würgegriff dieser Drecksdroge zu befreien. Dabei liegt meine Betonung auf 'längere Zeit' und 'vorsichtigem Kontakt' ... Wissen sie, für mich war es eine Art Selbstschutz, nicht bei jedem kleinen Anzeichen einer Besserung sofort wieder Kontakt aufzunehmen, weil ich eben nicht mehr die leeren, traurigen Augen nach einem erneuten Absturz sehen wollte ... weder die meiner Familie noch meine eigenen im Spiegel. Mit jedem Monat, den mein Bruder unter normalen Lebensumständen dieser Crystal fern bleibt, lasse ich mehr Kommunikation zwischen uns zu. Allerdings würde ich diese bei einem Rückfall auch sofort wieder konsequent abbrechen."

„Was bedeutet 'unter normalen Lebensumständen'? Wenn ich diese Frage stellen darf?", wandte sich Bernhard erneut an die Zeugin und schaute bei seinem letzten Satz ins Olivers Richtung. Dieser nickte kurz und deutete mit einer Handbewegung Frau Schenker an, sie möge bitte antworten.

„Nun, einfach gesagt bedeutet dies, außerhalb einer Klinik. Therapien im geschützten Umfeld einer Suchtklinik hat mein Bruder schon mehrfach sechs bis neun Monate durchgehalten ... Allerdings kaum wieder draußen, war Crystal erneut präsent. Deshalb zählen für mich nur wirklich die Monate ohne Drogen außerhalb der Klinik."

Bernhard nickte, um der Zeugin anzudeuten, dass er verstand, was sie meinte. Da Frau Schenker nun schwieg, wandte er sich an Oliver und Crystal:

„Gibt es noch Fragen an die Zeugin?"

„Nein, danke.", antwortete Oliver.

Crystal winkte schnippisch ab.

„Darf ich ihre respektlose Geste so verstehen, dass sie ebenfalls keine weiteren Fragen an Frau Schenker stellen möchten?", hakte der Vorsitzende verärgert nach.

„Ich spare mir meine Fragen für interessantere und sachlichere Zeugen auf.", entgegnete die Angesprochene.

„Unterlassen sie derartige Provokationen und Respektlosigkeiten oder ich werfe sie persönlich aus diesem Saal!", donnerte Bernhard in Crystals Richtung. Erschrocken über den Ton des Vorsitzenden hob diese entschuldigend die Hände. Freundlicher wandte er sich nun an die Zeugin:

„Dann danke ich ihnen für ihre Aussage. Sie können nun gehen oder im Saal Platz nehmen."

Frau Schenker nickte kurz lächelnd in Bernhards Richtung, stand dann auf und suchte sich einen freien Stuhl im Saal.

„Nun, wie sieht es aus? Können wir jetzt ihren Zeugen aufrufen?", fragte der Vorsitzende in Crystals Richtung.

Diese spielte leicht verlegen mit ihren Fingern und antwortete leise, ohne aufzuschauen:

„Nein, es wird noch eine viertel Stunde dauern, bis er hier ist."

„Vielleicht sollten sie sich lieber um zuverlässige Zeugen bemühen, statt hier Anwesende zu provozieren und zu beleidigen.", zischte Bernhard genervt. Noch bevor Crystal etwas entgegnen konnte, wandte er sich an Oliver:

„Können wir noch einen ihrer Zeugen vorziehen?"

Der Angesprochene nickte.

Oliver holte seine neue Zeugin von der Tür des Saales ab. Als sie näher kam, konnte er, trotz der Schminke, tiefe Falten auf ihrem Gesicht erkennen. Ihre Augen waren eingefallen und mit dunklen Ringen umrahmt. Die Frau wirkte erschöpft und kraftlos.

„Bitte nehmen sie hier Platz.", sprach der Vorsitzende sie an, deutete mit der rechten Hand auf den Zeugenstuhl. Die Frau setzte sich, strich kurz ihre Sachen glatt, legte ihre Hände auf den Schoß und blickte unsicher in den Raum. Bernhard wandte sich vorsichtig, mit leiser Stimme an die Zeugin, denn sie schien ihm sehr nervös und schreckhaft. Dass selbst so erwachsene Menschen sich mit Crystal einlassen, dachte er.

„Bitte nennen sie uns ihren Namen und machen ein paar Angaben zu ihrer Person. Wir sind ja hier kein 'echtes' Gericht, trotzdem wollen wir einige, übliche Formalien einhalten."

Die Angesprochene spielte nervös mit ihren Händen auf dem Schoß. Als sich ihr Blick mit dem von Oliver traf, ermutigte dieser die Frau mit einer Handbewegung und einem Lächeln, der Aufforderung von Bernhard Folge zu leisten. Leise und langsam begann die Zeugin zu sprechen:

„Mein Name ist Gabi Krämer. Ich bin achtunddreißig Jahre alt und aktuell nicht berufstätig."

Wow, dachte Bernhard, da hat Oliver aber ein Vorzeigeopfer ausgesucht. Von Crystal im Aussehen zwanzig Jahre älter gemacht als sie wirklich ist und keiner Arbeit nachgehend. Er konnte nicht ahnen, dass er sich schon kurze Zeit später für seine Gedanken schämen würde, denn diese Frau hatte es nicht verdient, so mit seinem Vorurteil überzogen zu werden.

„Sie wissen, dass es hier in unserer Verhandlung um Crystal geht? Kennen sie die Angeklagte persönlich?", fragte Bernhard.

„Wenn sie fragen, ob ich zu ihren Freundinnen zähle: Nein! Und trotzdem hat sie aus mir dieses Wrack gemacht, das ich heute bin. Sie hat nicht nur mich, sondern meine ganze Familie zerstört … Ich hasse diese Crystal abgrundtief."

„Hey, hey, Herr Vorsitzender! Muss ich mir hier solche Beleidigungen anhören?", rief Crystal erregt.

Während sich die Zeugin ein paar Tränen aus dem Gesicht wischte, gebot er der Angeklagten mit einer Handbewegung Einhalt und wandte sich dann an Frau Krämer:

„Sie dürfen uns gleich den Grund für ihren Hass schildern. Doch bei allem, was sie vielleicht mit Crystal erlebt haben, bitte ich sie um ein Mindestmaß an Sachlichkeit."

Die Angesprochene nickte und begann zu erzählen. Erst etwas leise und unsicher, doch mit jedem Wort mehr schien sie an Selbstsicherheit zu gewinnen:

„Ich habe eine Tochter. Sie heißt Caroline. Bis zu ihrem dreizehnten Lebensjahr führten wir ein glückliches Leben. Caroline war bildschön, lebenslustig und sehr klug. In der Schule hatte sie einen Notenschnitt von einskommazwei ... Ja, unser Leben war wirklich schön ... Mein Mann verdiente als Abteilungsleiter recht gut und auch mir machte meine Arbeit als Verkäuferin Spaß."

Frau Krämer atmete tief ein und aus, wischte sich wieder ein paar Tränen aus dem Gesicht. Dann blickte sie zu Crystal und die Traurigkeit in ihren müden Augen wurde kurz zu einem Funkeln.

„Ja, wir waren sehr glücklich ... Bis diese Person in unser Leben trat ... Über andere Freunde von ihr, machte sie auch unsere Tochter zu ihrer Opfer. Zuerst merkten wir davon wenig. Okay, Caroline war öfter launisch, auch mal unzuverlässig. Wir dachten, dies läge wohl an der Pubertät."

Sie hob kurz beide Hände, schüttelte den Kopf:

„Mein Gott, wenn ich es aus heutiger Sicht betrachte, kann ich kaum fassen, wie naiv wir waren! Doch ich hätte jeden für verrückt erklärt, der mir erzählen wollte, jemand wie diese Crystal könne den Weg in unsere Familie finden!"

Wieder kullerten einige Tränen über die Wangen der Frau.

„Doch sie hat es geschafft und Caroline immer tiefer in ihren Bann gezogen. Unsere Tochter wurde immer launischer, hatte für uns unverständliche, heftige Stimmungswechsel. Mal flippte sie fast aus vor Euphorie, dann wieder war sie mürrisch, wortfaul und zum Teil auch aggressiv. Wir haben immer all diese Änderungen auf das Problem Pubertät geschoben. Erst als Caroline auch in ihren schulischen Leistungen extrem einbrach, wir zu mehreren Gesprächen mit ihrer Klassenlehrerin geladen waren, bohrten wir tiefer. Doch unsere Fragen, später auch unsere Restriktionen, führten zu keiner Verbesserung. Im Gegenteil, wir hatten das Gefühl, unsere Tochter entfernt sich immer weiter von uns."

„Und sie haben niemals daran gedacht, dass diese Veränderungen mit Drogen, speziell mit Crystal zu tun haben könnten?", fragte Oliver mit leicht brüchiger Stimme. Denn er wusste genau, worüber diese Frau sprach, hatte all dies mit seinem Sohn erlebt. Und eigentlich kannte er auch die Antwort der Zeugin auf seine Frage, weil schon hundertfach von anderen Eltern gehört.

„Nein, wirklich zu keinem Zeitpunkt."

„Warum nicht?", hakte er nach.

„Warum?", flüsterte die Angesprochene leise, fast fragend. Mit zitternden Händen wischte sie sich übers Gesicht, bevor sie mit bebender Stimme fortfuhr:

„Wissen sie, mein Mann und ich hatten selbst keinerlei Erfahrung mit Drogen ... Wirklich null Ahnung. Für uns waren Drogenabhängige etwas Abstraktes, von dem wir wohl wussten, dass es so etwas gibt, doch weit entfernt von unserem intakten, gutbürgerlichen Leben."

„Wie haben sie dann erfahren, dass ihre Tochter Crystal verfallen ist?", wandte sich nun Bernhard an die Zeugin.

„Nun, ich wusste mir einfach keinen Rat mehr. Deshalb habe ich den Kontakt zu Carolines bester Freundin gesucht, hoffte, sie kann mir einen Rat geben, was mit meiner Tochter los ist."

„Und, konnte sie ihnen helfen?"

„Ein wenig schon … Obgleich ich damals noch nicht bereit war zu glauben, was sie mir erzählte … Sie hatte kaum noch Kontakt mit Caro, wie sie sie nannte und berichtete mir davon, dass meine Tochter neue Freunde hätte. Keine guten Freunde aus ihrer Sicht. Und davon, dass ihre Klicke dafür bekannt ist, sehr intensiv verschiedene Drogen zu konsumieren. Auch Crystal."

„Wussten sie nicht, wie gefährlich die Freundschaft mit Crystal ist?", fragte Bernhard verwundert.

„Wie gefährlich? Mein Gott, ich wusste zu diesem Zeitpunkt noch nicht einmal, wie sich dieses Wort schreibt! Außerdem wollte ich es nicht glauben, es wehrte sich in mir alles gegen die Erkenntnis, dass in meiner, also damals noch unserer Familie, Drogen konsumiert werden!"

„Verzeihen sie die erneute Zwischenfrage", sagte Bernhard mit einem etwas irritierten Blick, „was bedeutet ihre Formulierung ′also damals noch unsere Familie′"?

Die Zeugin kramte verzweifelt nach einem Taschentuch, denn plötzlich überkam sie ein Weinkrampf.

„Boa, so ein theatralischer Auftritt!", keifte Crystal.

„Halten sie den Mund, wenn ich hier eine Befragung führe! Falls sie das nicht können, verweise ich sie vor die Tür, bis ich hier fertig bin!", fuhr Bernhard die scheinbar von den Ausführungen der Frau vor ihr belustigte Crystal an. Wohl erschrocken über den scharfen Ton des Vorsitzenden, gefror ihr Lächeln zu einem unbeholfenen Grinsen und sie schwieg sofort. Wieder zur Zeugin gewandt, wurde seine Stimme sanfter:

„Nun, bitte antworten sie auf meine Frage. Oder möchten sie zu diesem Punkt nichts sagen? Denn er scheint sie ja emotional sehr aufzuwühlen?"

„Ja, das tut er … Trotzdem möchte ich antworten, damit alle Anwesenden hören können, was diese Person meiner Familie angetan hat!" Bei den letzten Worten warf sie einen hasserfüllten Blick Richtung Crystal.

„Damals war es noch unsere Familie, weil mein Mann und ich uns liebten, zusammen hielten und gemeinsam kämpften … Dann allerdings gingen wir den Weg – wie ich heute weiß – den hunderttausende Familien gehen, in denen ein Mitglied Freundschaft mit dieser Crystal schließt … Irgendwann drehten sich alle Diskussionen nur noch um unsere Tochter. Und wir begannen uns zu streiten, machten uns aus ratloser Verzweiflung gegenseitig Vorwürfe, wer welche Dinge in der Erziehung falsch gemacht hat. Während einer heftigen Auseinandersetzung gab dann unsere Tochter später zu, dass sie Crystal verfallen ist. Ihr allerdings alles gefällt, so wie es ist und sie ohnehin nie so leben will wie wir Spießer … Danach wurde es noch schlimmer. Ein Zusammenleben mit Caroline war praktisch unmöglich. Sie hielt sich an keine Absprachen und Termine, zog im Haus eine Spur der Verwüstung hinter sich her, war uns gegenüber völlig respektlos, ja mitunter sogar angstmachend aggressiv. Ich begann ein nervliches Wrack zu werden … Stellte mir immer und immer wieder die Frage, was ich denn nur falsch gemacht habe. Es fiel mir schwer, mich im Job zu konzentrieren. Manchmal überkamen mich spontane, unkontrollierte Weinanfälle. Über viele Monate ging dies so, bis ich schließlich meine Arbeit verlor. Mein Mann forderte härtere Konsequenzen gegenüber unserer Tochter, ja sprach sogar davon, sie aus dem Haus zu werfen, wenn sie sich nicht von Crystal trennt. Darüber stritten wir uns noch mehr, denn ich wollte und konnte meine Tochter nicht einfach so fallen lassen. Sie war doch mein Kind!?"

Erneut suchte Frau Krämer nach ihrem Taschentuch, um den einsetzenden Strom ihrer Tränen zu trocken. Niemand unterbrach ihr kurzes Schweigen. Bis sie, anfänglich schluchzend, weiter erzählte:

„Irgendwann stellte mich mein Mann vor die Entscheidung: Schutz der Familie vor Caroline oder er geht. Ich konnte mich einfach nicht gegen meine Tochter entscheiden. Obgleich ich wusste, dass es so auch nicht weiter gehen kann."

Sie schaute zu Oliver und sagte mit fast flehender Stimme:

„Vielleicht können sie mich ein wenig verstehen? Ich habe ihr Buch 'Zwischen Kampf und Resignation' gelesen. Darin beschreiben sie doch sehr treffend und intensiv das Zusammenleben mit einem Sohn, der ebenfalls Crystal verfallen war. Es ist so unsäglich schwer, das eigene Kind fallen zu lassen."

Wieder schwieg sie nachdenklich einen Moment.

„Trotzdem war alles umsonst. Meine Tochter verschwand kurz nach meinem Mann. Ich saß allein zu Hause und wollte eigentlich nur noch sterben, einfach ohne Kraft einschlafen und nie wieder aufwachen .... Eine Vermisstenanzeige bei der Polizei brachte keine Ergebnisse. Caroline blieb verschwunden. Das aller Schlimmste war, dass ich mit niemandem reden konnte. Selbst mit meinen Eltern war ich inzwischen zerstritten, weil auch sie mir Vorwürfe machten, in der Erziehung meiner Tochter versagt zu haben. Da bekam ich einen Tipp, der mir zu diesem Zeitpunkt wahrscheinlich das Leben gerettet hat, zumindest das physische. Ich suchte den Kontakt zur Elterngruppe drogenabhängiger Kinder in unserer Stadt. Dort konnte ich wenigstens reden, mich austauschen und wurde verstanden. Natürlich erklärte mir Frau Schmied, erfahrene Suchtberaterin und Leiterin der Gruppe, dass mein Mann grundsätzlich Recht hatte, gegenüber unserer Tochter auch harte Trennungsstriche zu ziehen ... Dass es ab einem bestimmten Punkt nichts hilft, immer wieder alles gerade zu biegen und egal welche Drogenexzesse stattfinden, immer das rettende Netz zu bieten. Ich glaube, die Experten nennen dies Co-Abhängigkeit ... Naja, nach einem halben Jahr ohne jede Meldung meiner Tochter habe ich es nicht mehr ausgehalten und begann sie suchen. Zuerst recherchierte ich in ihrem ehemaligen Freundeskreis. Auch ihre frühere, beste Freundin versprach, sich umzuhören. Einige Wochen später teilte sie mir mit, aus ziemlich sicherer Quelle zu wissen, dass meine Tochter wohl in Leipzig lebe ... mit Typen, die auch dieser Crystal verfallen sind. Ich habe mich dann erkundigt, wo denn ′solche Leute′ bevorzugt in dieser Stadt wohnen."

Wie in Gedanken und Erinnerungen versunken, schwieg die Zeugin erneut. Diesmal unterbrach Oliver die Ruhe:

„Was haben sie dann unternommen?"

Frau Krämer atmete einmal tief ein und aus, bevor sie fortfuhr: „Nun, ich bin nach Leipzig gefahren, um meine Tochter auf gut Glück zu suchen ..."

„Wie oft haben sie das getan?"

„Wie oft", die Zeugin lächelte müde, „über sieben Monate ... jeden Tag ... auch Samstags und Sonntags ... Ich bin morgens sieben Uhr in den Zug gestiegen, war gegen acht dort und bin meist mit dem letzten Zug um zweiundzwanzig Uhr zurück gefahren."

„Dann waren sie ja kaum zu Hause?", fragte Bernhard erstaunt.

„Zu Hause ... was sollte ich dort ... mein ehemals wundervolles Zuhause war doch leer und kalt ... Ich habe es darin selbst zum Schlafen kaum ausgehalten."

„Haben sie denn ihre Tochter gefunden?", hakte er nach.

„Ja, Herr Vorsitzender, das habe ich. Als meine Kräfte mich schon drohten zu verlassen – denn ich bin etwa täglich zehn Kilometer durch die Stadt gelaufen, egal bei welchem Wetter –

entdeckte ich in einer berüchtigten Straße ein Wesen, dessen Erscheinung mich an Caroline erinnerte."

„Eine berüchtigte Straße, was heißt das?", fragte Bernhard.

„Das bedeutet Straßenstrich, Herr Vorsitzender. Heute weiß ich, dass viele junge Frauen, getrieben von der Bezahlbarkeit ihrer Sucht nach Crystal, dort schon für zwanzig Euro fremden Männern sexuell dienen und für einen Zehner mehr sogar ohne Gummi. Ganz vorsichtig näherte ich mich der jungen Frau. Einmal, weil ich mir nicht sicher war, ob es meine Tochter ist und zum Anderen, weil ich stets Angst hatte, sie könne, wenn sie mich zu früh erkennt, einfach davon laufen."

Wieder wischte Frau Krämer ein paar Tränen von ihren Wangen, konnte nur schwer ihre Emotionen kontrollieren.

„War die junge Frau denn ihre Tochter?", fragte Bernhard.

„Ja … sie war es … Oder besser gesagt, sie war das, was von meiner Tochter übrig gewesen ist."

„Wie hat sie sich verhalten, als sie sie erkannte?"

„Erst einmal bin ich erschrocken. Sie war abgemagert, ungepflegt, sah zehn Jahre älter aus. Und ihre einmal so schönen, strahlenden Augen waren leer und grau … Gerade, als ich sie aufgeregt bitten wollte, nicht davon zu laufen, kam sie auf mich zu und brach weinend in meinen Armen zusammen."

Die Zeugin überkam nach den letzten Worten ein kurzer, aber heftiger Weinkrampf. Nur mit Mühe fasste sie sich langsam so weit, dass sie weiter reden konnte. Doch weder Oliver noch Bernhard wollten sie drängen, denn diese Frau vor ihnen schien am Ende ihrer Kräfte angekommen zu sein.

„Ich weiß nicht, wie lange Caroline so weinend in meinen Armen lag. Ich hielt sie einfach nur fest, war trotz ihres elenden Zustandes in diesem Moment glücklich, sie gefunden zu haben … Irgendwann begann ich nachzudenken, was ich jetzt tun sollte. Mit dem linken Arm um meine Tochter griff ich mit der Rechten in meine Jackentasche, wühlte mein Handy hervor, um einen Krankenwagen zu rufen. Ich dachte, dies sei das Beste, denn sicher war Caroline gesundheitlich sehr angeschlagen. Doch als meine Tochter mitbekam, was ich vor hatte, schaute sie mich an, schüttelte mit dem Kopf und sagte nur leise: 'Nimm mich einfach mit nach Hause ... bitte.'"

„Na also, eine Geschichte mit Happy-End!", platzte Crystal hervor. Sofort traf sie nicht nur ein strenger Blick des Vorsitzenden, sondern auch Frau Krämer schaute sie an. Und ihr Gesicht war von einer Sekunde zur anderen nicht mehr gezeichnet von Erschöpfung und Tränen, sondern von einer Härte und einem erkennbaren Hass, der selbst Crystal sofort wieder schweigen ließ. Langsam, ohne jede weinerliche Weichheit in ihrer Stimme, formulierte die Zeugin ihre nächsten Sätze, dabei Crystal mit ihren Augen fixierend:

„Nein, du widerwärtige Person, nur ein kurzer Moment des Glücks und der Hoffnung für mich, aber kein 'Happy-End'."

Gerade wollte Bernhard etwas sagen, als die Zeugin wie abwehrend ihre linke Hand hob:

„Schon gut, Herr Vorsitzender, ich werde mich mäßigen ... Auch wenn es mir schwer fällt. Denn diese Person dort hatte meine Tochter doch, als ich sie fand, schon bis auf Gossenhöhe herunter gezogen. Warum konnte sie mein Kind nicht endlich gehen lassen?!"

„Hallo, ihr 'Kind'" - dieses Wort betonte Crystal spöttisch – „ist mir nachgerannt. Da gab es meinerseits nichts loszulassen!"

Mit sanfter Stimme wandte sich Bernhard an die Zeugin, denn er konnte ihr ansehen, dass die kurzzeitige, harte Entschlossenheit aus ihrem Gesicht verschwand und sie begann, wieder in sich zusammen zu sinken:

„Möchten sie uns kurz schildern, was nach dem Finden ihrer Tochter geschah?"

Frau Krämer nickte leicht und begann mit gesenktem Blick:

„Ich nahm Caroline mit nach Hause. Dort hat sie erst einmal ausgiebig geduscht, dann noch ein Bad genommen. Ich habe ihr etwas zu Essen gemacht. Danach bat sie mich um eine Schlaftablette, um endlich ausruhen zu können. Ich hatte genug von diesen Tabletten im Hause, da ich selbst ohne sie kaum noch Ruhe gefunden hatte, war mir allerdings nicht sicher, ob es gut war, Caroline davon eine zu geben ... Schließlich konnte ich ihren flehentlichen Bitten nicht widerstehen und gab ihr, was sie wollte. Eine halbe Stunde später sank sie in ihr Bett und schlief tief und fest ein. Ich saß noch etwa eine Stunde neben ihr, grübelte, was ich nun tun sollte, um sie nicht wieder an diese Crystal zu verlieren."

Erneut musste Frau Krämer einige Tränen von ihren Wangen wischen. Vorsichtig fragte Oliver nach:

„Wozu haben sie sich dann entschlossen?"

„In meiner Not wusste ich mir keinen anderen Rat, als Herrn Dr. Bitter anzurufen, den ich aus dem Elternkreis der Suchtberatung kannte. Er versprach mir, am nächsten Morgen vorbeizukommen ... Was er dann auch tat ... Als er gegen acht Uhr bei uns klingelte, wurde auch Caroline davon wach. Sie war noch sehr benommen, trotzdem checkte Dr. Bitter grundsätzliche, gesundheitliche Parameter und führte mit ihr ein längeres Gespräch, in dem er ihr versuchte klarzumachen, dass sie in eine Entgiftung und Therapie gehen muss, um von dieser Crystal loskommen zu können. Caroline widersprach ihm nicht, bat allerdings noch um etwas Zeit zum Ausruhen. Der Arzt hatte dagegen nichts einzuwenden, da er sich ohnehin erst in Zusammenarbeit mit Frau Schmied von der Suchtberatung bemühen musste, für meine Tochter kurzfristig einen Klinikplatz zur Entgiftung zu finden. Er gab uns noch ein Beruhigungsmittel, welches Caroline die nächsten Tage einnehmen sollte, um möglichst viel schlafen zu können ... Ich habe stundenlang an ihrem Bett gesessen, auf ihren Atem gelauscht und geweint."

Die Stimme der Zeugin versagte erneut und einige Tränen tropften auf ihre Bluse. Vorsichtig fragte Bernhard:

„Begann damit für ihre Tochter ein Leben ohne Crystal?"

Frau Krämer legte die Hände vor ihr Gesicht und schüttelte kraftlos mit dem Kopf. Es vergingen einige Sekunden, bevor sie mit brüchiger Stimme weiter erzählte:

„Nach drei Tagen musste ich etwas einkaufen gehen ... Als ich zurück kam, war meine Tochter verschwunden und auf dem Küchentisch lag ein Zettel auf welchem stand, dass sie mich um Verzeihung bittet, sie es nicht schafft, ohne diese Crystal zu leben und ich sie nicht wieder suchen soll."

Bei diesen Worten verlor die Zeugin für einen Moment völlig die Fassung. Erst nach einigen Minuten konnte sie sich etwas beruhigen, wischte die Tränen aus ihren Augen und putzte sich die Nase.

„Verzeihen sie bitte, Herr Vorsitzender, aber dieser Augenblick war einer der schrecklichsten in meinem Leben. Nach den vielen Monaten voller Angst und Tränen hatte ich einige Tage Hoffnung geschöpft, war so glücklich, meine Tochter wieder in meiner Nähe zu wissen ... und dann erneut der Absturz in die völlige Hoffnungslosigkeit. Es war so schrecklich!"

„Haben sie ihre Tochter danach wieder gesucht und gefunden?", fragte Oliver leise.

„Mir fehlte dazu die Kraft. Ich bin einfach nur heulend zusammengeklappt. Dr. Bitter hat mich dann in diesem Zustand gefunden und veranlasst, dass ich wegen eines völligen Nervenzusammenbruchs selbst in eine Klinik eingewiesen wurde ... Eigentlich war ich dagegen, wollte nur noch die Augen schließen und nie wieder aufwachen ... Naja, so habe ich dann doch überlebt."

Scheinbar in Erinnerungen versunken schwieg die Zeugin einige Sekunden. Noch bevor jemand eine Frage stellen konnte, fuhr sie schließlich leise fort:

„Nach einigen Wochen – ich war gerade aus der Klinik entlassen – erhielt ich einen Anruf der Polizei. Ein Beamter teilte mir mit, dass man meine Tochter verhaftet hatte ... wegen verschiedener Delikte, darunter auch schwerer Diebstahl und Prostitution. Mein Herz krampfte sich zusammen, meine Stimme versagte einen Moment völlig, sodass ich zu keinem sinnvollen Gespräch mit dem Anrufer in der Lage war. Ich schaffte es gerade noch, mir seinen Namen und die Telefonnummer zu notieren. Als ich mich wieder etwas gefasst hatte, rief ich die Suchtberatungsstelle und unseren Arzt an, bat um Rat, was ich nun tun sollte."

„Erhielten sie Hilfe?", fragte Oliver vorsichtig.

„Ja, beide haben sich sehr engagiert ... Naja, ich will hier nicht über alle schlimmen Momente dieser Zeit berichten, deshalb nur das Wesentliche: Mit Unterstützung der erwähnten Parteien konnten wir erreichen, dass der Staatsanwalt kein Verfahren mit dem Ziel einer Strafe eröffnet, wenn sich meine Tochter ersatzweise einer Entgiftung und Therapie unterzieht."

Frau Krämer machte eine kurze Pause, schaute dann Bernhard mit großen Augen an und sprach dann in einem Ton, so als müsse sie sich für das Gesagte entschuldigen:

„Wahrscheinlich können sie das nicht verstehen, aber ich war in diesem Augenblick sehr froh darüber, dass meine Tochter nun eine Therapie antreten musste, ob sie wollte oder nicht. Mit der Alternative Strafvollzug vor Augen ... in dem sie ja auch ohne diese Crystal hätte auskommen müssen."

„Strafvollzug ohne mich ... ha, wenn sie wüssten!", warf Crystal grinsend ein. Bernhards Stimme schnitt der Angeklagten das Wort ab. Langsam, scharf und unmissverständlich formulierte er seine Worte:

„Warum bitten sie mich nicht direkt, sie von dieser Verhandlung auszuschließen, statt für diesen scheinbar in ihnen brennenden Wunsch stets den Umweg eines Bruches der von uns vereinbarten Regeln zu wählen?"

Die Angesprochene schlug die Beine übereinander, verschränkte die Arme vor ihrem Körper, richtete ihren Blick demonstrativ von Bernhard weg und schwieg.

Dieser wandte sich nun wieder an die Zeugin:

„Verzeihen sie bitte diese provozierende Unterbrechung. Ja, es ist für jemanden, der nie persönlich mit diesem Thema zu tun hatte, wirklich schwer vorstellbar, sich in völliger Ratlosigkeit sogar über die Verhaftung des eigenen Kindes als Chance zu freuen. Hat die Therapie denn etwas bewirkt?"

Die Zeugin atmete einmal tief ein und aus, ließ die Handflächen über ihr Gesicht gleiten, warf noch einen stechenden Blick zu Crystal und begann weiter zu erzählen:

„Wissen sie, ich will meine Aussage hier nicht zu lange hinziehen, deshalb gestatten sie mir eine kurze Zusammenfassung. Ja, meine Tochter hat die Entgiftung und die Therapie durchgehalten. Ich war so stolz auf sie ... und so glücklich und voller Hoffnung, dass der schwarze Schatten dieser Person dort endlich aus unserem Leben weicht. Aus der Klinik entlassen, hat es drei Wochen gedauert, bis Crystal erneut von Caroline Besitz ergriff. Es folgte wieder ein völliger Absturz, wieder Streit, wieder Tränen, wieder die dunkle Hoffnungslosigkeit über meinem Leben ... Wieder habe ich Hilfe organisiert, wieder ging meine Tochter zur Entgiftung ... Danach dauerte es wieder nur einige Wochen, bis Crystal sie

einfing ... wieder der Verlust aller Hoffnung ... wieder die Suche nach Hilfe, wieder Entgiftung, wieder Angst ...."
Plötzlich schlug die Zeugin mit beiden Händen laut auf den Tisch, der vor ihr stand. Mit von Hass erfüllten Augen starrte sie zur Angeklagten und schrie:
„Ja, wieder, wieder, wieder, wieder ... immer wieder das gleiche Leid! Immer wieder ein Keim von Hoffnung, den diese Crystal immer wieder schnell zerstörte!"
Nach diesen Worten wurde Frau Krämer von einem heftigen Weinkrampf übermannt. Bernhard und Oliver ließen ihr einen Moment Zeit zur Beruhigung. Auch Crystal schwieg, nachdem ihr Blick kurz dem des Vorsitzenden begegnet war. Einige Zeit war vergangen, als Oliver leise fragte:
„Wie geht es ihrer Tochter heute?"
„Sie ist jetzt – nach insgesamt vier Entgiftungen und Rückfällen – in einer Langzeittherapie ... neun von zwölf Monaten hat sie bereits absolviert."
„Nun, dann scheinen sich die Dinge ja zum Positiven zu wenden?", warf Bernhard ein und versuchte die Frau vor ihm mit einem Lächeln aufzumuntern.
„Ja, Herr Vorsitzender, die letzten Monate waren sehr schön. Ich konnte ruhig schlafen, weil ich wusste, meine Tochter ist gut untergebracht und betreut ... Es ist ein wundervolles Gefühl, wenn ich heute bei Besuchen mit Caroline spreche ... wie früher, bevor dieser Drogendreck in unser Leben trat. Wir verstehen uns sehr gut, lachen sogar miteinander. Wo ich fast schon nicht mehr wusste, was Lachen ist."
Bernhard strahlte seine Zeugin an und sagte fröhlich:
„Nun, dies klingt doch toll! Ich freue mich für sie!"
Als er sich in seinem Stuhl zurück lehnte, traf sein Blick auf Oliver und er konnte nicht verstehen, warum dieser so ernst schaute und sich sogar leicht auf die Unterlippe biss. Noch

bevor er etwas fragen konnte, ergriff Frau Krämer wieder das Wort. Mit einem gequälten Lächeln sagte sie:

„Ja, Herr Vorsitzender, dies klingt nach neuer Hoffnung und neuem Anfang ... Und ich bin wirklich sehr froh, dass meine Tochter diesen Weg in den letzten Monaten so erfolgreich gegangen ist."

Bevor sie nach einer kurzen Pause fortfuhr, fixierte sie Bernhard mit einem festen Blick, der eine seltsame Mischung aus Angst, Entschlossenheit und Flehen ausstrahlte:

„Es wird der Tag kommen, an dem Caroline die Klinik verlassen muss. Ich werde dann für sie da sein. Wenngleich ich mich vor diesem Tag fürchte, denn ab da wird es nur von ihr abhängen, ob sie die Herausforderungen zur Rückkehr in ein dauerhaft drogenfreies Leben meistert oder dieser Crystal erneut verfällt ... Ich werde wieder hoffen, beten ... werde wieder unruhig schlafen ... werde wieder Angst haben ... werde wieder beim kleinsten Anzeichen eines möglichen Rückfalls erschrecken ... Der Schatten dieser Crystal wird mich wohl den Rest meines Lebens ängstlich sein lassen."

Nach einer kurzen Pause unterbrach Oliver das Schweigen:

„Frau Krämer, ich danke ihnen, dass sie heute hier waren und die Kraft hatten, uns über ihre Erfahrungen mit Crystal zu berichten."

Bernhard schaute zu den Tischen, hinter denen Oliver und Crystal saßen:

„Gibt es noch Fragen an die Zeugin?"

Während Oliver nur leicht den Kopf schüttelte, zischte Crystal:

„Nein, ich verzichte und rufe lieber meine eigenen Zeugen auf."

Der Vorsitzende legte seine Hände um die von Frau Krämer, drückte diese fest und sagte:

„Ich wünsche ihnen und ihrer Tochter von Herzen alles Gute! Verlieren sie bitte nicht den Mut ... Sie können jetzt gehen oder auch gerne im Zuschauerbereich Platz nehmen."

Die Zeugin lächelte etwas kraftlos, erhob sich, ging einige Schritte und setzte sich auf einen freien Stuhl zwischen den Zuhörern.

Crystal erhob sich von ihrem Platz, strich ihr Kostüm glatt und ging mit einem aufreizenden, provozierenden Gang Richtung Saaltür. Bernhard schaute ihr etwas verwundert nach und fragte:

„Wo wollen sie denn hin? Möchten sie unsere Verhandlung verlassen?"

Die Angesprochene drehte sich um und entgegnete mit einem selbstbewussten Lächeln:

„Warum sollte ich gehen? Ich will nur meinen verspäteten Zeugen holen und mal ein wenig positive Stimmung in diese verheulte Veranstaltung bringen. Oder darf ich keine Zeugen mehr laden, Herr Vorsitzender?"

„Natürlich dürfen sie das", entgegnete Bernhard, „es wäre nur sehr freundlich, wenn sie mir mitteilen was sie vor haben, denn noch leite ich diese verheulte Veranstaltung."

Die letzten beiden Worte betonte er zynisch und ergänzte:

„In diesem Zusammenhang darf ich sie übrigens um eine Wortwahl bitten, die den zwischen uns vereinbarten Verhaltensgrundsätzen entspricht."

„Ich werde mich bemühen.", hauchte Crystal zurück.

Mit einer Handbewegung bedeutete er ihr nun, den angekündigten Zeugen herein zu holen. Oliver musterte den jungen Mann sehr genau, als er neben der Angeklagten

Richtung Zeugenstuhl lief. Er schätzte ihn auf Mitte Zwanzig. Seine Kleidung war modern und gepflegt, seine Haare seitlich sehr kurz geschnitten und der obere Teil streng mit Gel ausgerichtet. Allerdings hätte Oliver auch ohne den Umstand von Crystals Zeugenladung sofort erkannt, dass dieser junge Mann zu ihren Freunden zählte. Sein übertrieben aufrechter Gang, so als hätte er einen Besenstiehl im Rücken, seine bei jedem Schritt merkwürdig weit nach vorn ausholenden Beine, sein unsicherer Blick ... O ja, und seine Hände! Wie oft hatte er diese Art Motorik bei seinem Sohn gesehen, wenn er richtig drauf war. Ständig nervöse Bewegungen aller Finger und wenn sie einmal kurz still hielten, verharrten sie meist in der Rapper-Stellung, wie Oliver dies nannte. Der Handrücken etwa fünfundvierzig Grad zum Arm in Richtung Körper abgeknickt, Daumen, Zeige- und kleiner Finger weit, der Mittel- und Ringfinger leicht abgespreizt... Durch Bernhards Stimme wurde Oliver aus seinen Beobachtungen und Erinnerungen gerissen:

„Sind sie so freundlich und verraten uns ihren Namen?"

„Nennen sie mich einfach Alex.", gab der Zeuge grinsend zurück. Okay, wahrscheinlich sollte es ein Lächeln werden, doch das Ergebnis lag deutlich näher am unsicheren Grinsen. Bernhard runzelte leicht verwundert die Stirn:

„Wie, nur Alex? Kein Familienname?"

„Nein, bitte nur Alex."

„Okay", gab der Vorsitzende zurück, „dann sprechen wir sie eben mit Alex an ... Wie alt sind sie?"

„Ich bin vierundzwanzig Jahre."

Nicht schlecht geschätzt, dachte Oliver.

„Sie wissen, was wir hier tun und warum sie heute hier sind?"

Der Zeuge nickte schweigend auf Bernhards Frage. Dieser hakte nach:

„Vielleicht können sie dies kurz mit ihren eigenen Worten beschreiben? Damit ich weiß, ob sie richtig informiert sind."

„Naja, ich bin als Zeuge geladen, weil sie hier so eine Art Verhandlung gegen meine Freundin Crystal machen ... Wieder mal initiiert von dem da."

Bei den letzten Worten deutete Alex mit dem Kopf kurz in Olivers Richtung. Erstaunt und interessiert zugleich fragte Bernhard nach:

„Sie kennen Oliver? Woher, wenn ich fragen darf?"

„Naja, direkt kennen wäre zu viel gesagt.", antwortete der Zeuge. „Ich habe ihn mal bei einer längeren Radiosendung gehört. Da ging es auch ständig gegen Crystal. Man konnte als Zuhörer sogar anrufen ... Was ich gemacht habe. Bin sogar durchgekommen, aber als ich der Frau am anderen Ende erklärt hatte, was ich sagen will, wurde ich aus der Leitung geworfen. Eben alles scheiß tendenziell."

„So, was wollten sie denn vortragen?", fragte Bernhard neugierig. Noch bevor Alex etwas antworten konnte, mischte sich Crystal ein:

„Herr Vorsitzender, um dies zu erfahren, würde ich jetzt gerne die weitere Befragung des Zeugen übernehmen."

Bernhard zuckte kurz mit den Schultern und bedeutete mit einer Geste seiner Hände, dass er einverstanden war.

„Na, diese Chance sollten sie jetzt wirklich nutzen, wo ihr Zeuge es nun doch geschafft hat, hier aufzutauchen.", warf Oliver mit einem hämischen Grinsen ein. Noch bevor Bernhard ihn ermahnen konnte, bedeutete er diesem mit einer Geste, jetzt schweigen zu wollen.

„Sie hatten den Eindruck, diese Radiosendung war tendenziell? Wie darf ich das verstehen?"

„Naja, es ging immer nur mit allen Beiträgen und Anrufern in eine Richtung.", antwortete der Zeuge.

„Und in welche?", hakte Crystal nach.

„Eben immer gegen dich ... äh, sie ... also gegen Crystal ... Wie böse sie ist, was sie alles kaputt macht."

„Sie wollten bei ihrem Anruf also etwas anderes erzählen?"

„Ja, das wollte ich." Mit einem Schulterzucken schob Alex nach: „Aber man hat mich ja nicht gelassen."

Mit einem strahlenden Lächeln und schmeichelnder Stimme forderte Crystal ihren Zeugen auf:

„Nun, dann holen sie ihre Ausführungen heute nach. Keiner der Anwesenden wird sie hier einfach aus der Leitung werfen dürfen." Bei den letzten Worten warf sie einen verächtlichen Blick in Olivers Richtung.

„Naja, ich finde es eben unfair, wenn man ständig nur über jemanden herzieht. Vor allem, weil ich und meine Freundin praktisch nur positive Erfahrungen mit Crystal haben."

Der Zeuge dachte kurz nach, bevor er weiter sprach:

„Wir verdanken ihr so viele schöne Stunden mit unsagbaren Glücksgefühlen, haben manche Nacht ohne Schlaf durchgehalten ... mega Partys erlebt ... tolle Typen kennengelernt ... Meine Freundin hatte stets mit Gewichtsproblemen zu kämpfen – seit sie Crystal kennt ist das vorbei. Konstant die Konfektion sechsunddreißig."

Bei seinem letzten Satz hob Alex den Daumen der rechten Hand und grinste breit, so als freue er sich selbst über seine bisherigen Ausführungen.

„Lieber Alex", hauchte Crystal vertraut, „was glauben sie, warum einige Menschen mit mir Probleme haben und meine vielen positiven Seiten nicht mehr sehen?"

„Poaaa", stieß der Zeuge hervor, hob kurz seine Hände und sprudelte dann los:

„Weil viele von diesen doofen Opfern die Sache nicht in Griff haben! Sie finden nicht die richtige Dosis, wollen immer mehr und mehr. Und das führt doch bei fast allen Dingen zur Katastrophe ... Ein, zwei Bierchen am Tag sind okay, aber zwanzig machen Stress, dafür kann doch aber das Bier nichts, sondern nur der Idiot, der die zwanzig Flaschen am Tag trinkt?"

Sich über seinen gemachten Vergleich freuend, strahlte der Zeuge und ließ seinen Blick, wohl nach Zustimmung suchend, durch die Runde der Anwesenden wandern.

Wieder hakte Crystal nach:

„Wie lange sind sie und ihre Partnerin schon mit mir befreundet?"

„Also, ich schon dreizehn Jahre, meine Süße erst zehn."

Mit einem triumphierenden Blick drehte sich die Angeklagte zu Oliver und schmetterte ihm entgegen:

„Tja, mein Bester, es scheint also nicht so zu sein, dass jeder, der lange mit mir verbunden ist, zwangsläufig abstürzt!"

Der Angesprochene lächelte müde und entgegnete:

„Nun, wir haben sicher zum Begriff 'abgestürzt' verschiedene Auffassungen. Aber vielleicht kann ich mich ja mit ein paar eigenen Fragen von ihrer dauerhaft positiven Wirkung auf diesen jungen Mann überzeugen?"

„Von mir aus gerne!", antwortete Crystal schnippisch und nahm schwungvoll auf ihrem Stuhl Platz.

Oliver erhob sich, trat näher an Alex heran. Vorsichtig, so als wolle er den Zeugen nicht erschrecken, begann er zu fragen:

„Alex, was für einen Schulabschluss haben sie?"

Der Zeuge schien von dieser Frage irritiert, blicke Hilfe suchend in Crystals Richtung. Bernhard mischte sich kurz ein:

„Bitte schauen sie möglichst denjenigen hier an, der sie gerade befragt und antworten sie wahrheitsgemäß!"

Alex räusperte sich kurz, spielte nervös mit den Fingern:

„Naja, nur einen mäßigen Hauptschulabschluss."

„Kein Grund, sich zu schämen.", ermutigte Oliver sein Gegenüber. „Abschluss ist Abschluss. Welchen Beruf haben sie danach gelernt?"

Der Zeuge errötete ein wenig, biss sich auf seine Unterlippe. Erst nach einigen Sekunden flüsterte er:

„Keinen."

„Bitte sprechen sie hier im Saal lauter!", erwiderte Oliver mit strenger Stimme. „Ich habe sie also richtig verstanden: Sie haben keinen Beruf erlernt?"

„Naja, versucht habe ich es schon. War halt immer nicht das Richtige für mich."

„Das heißt, sie haben stets die begonnenen Ausbildungsverhältnisse gekündigt?"

„Nein.", knurrte der Zeuge verärgert.

„Wie viele Ausbildungen haben sie begonnen und wie viele davon wurden durch sie gekündigt?", bohrte Oliver unerbittlich weiter nach.

„Vier Ausbildungsverträge hatte ich."

„Und, welche davon haben sie gekündigt?"

Der Zeuge rutschte nervös auf seinem Stuhl hin und her, bevor er mürrisch antwortete:

„Keinen … Alle wurden von den Firmen gekündigt."

„Warum wurden sie seitens der Firmen gekündigt?"

„Was weiß ich!", zischte Alex.

Bernhard wandte sich an den Zeugen:

„Bitte antworten sie höflich und korrekt!"

„Ja, ja", fauchte Alex zurück. „Naja, ich war ein paar Mal krank. Das hat denen nicht gepasst."

„Alex, vielleicht könnten sie 'ein paar Mal' präzisieren? Und haben sie den Firmen stets korrekte Krankschreibungen vorgelegt?", bohrte Oliver gnadenlos.

„Nee, manchmal habe ich auch unentschuldigt gefehlt!"

„So, so.", murmelte der Fragende. Mit einem müden Lächeln in Crystals Richtung schob er nach:

„Hat ihnen da ihre Freundin dort nicht mit positiver Energie helfen können?"

„Nein, es war mein Fehler und stets einer von den Tagen, an denen ich im Vorfeld zu viel von Crystal konsumiert hatte. Irgendwann muss man dann auch mal eine Zeit ausschlafen!"

„Ihr Fehler ... natürlich, denn die liebe Crystal hat ihnen ja bisher, wie sie vor wenigen Minuten berichteten, nur Gutes getan. Was machen sie eigentlich heute beruflich?"

Der Zeuge senkte den Kopf, spielte wieder mit seinen Fingern. Da er beharrlich schwieg, forderte Bernhard ihn auf zu antworten.

„Nix ... ich lebe von staatlicher Unterstützung."

„Was macht ihre Partnerin? Hat sie einen Berufsabschluss?"

„Nein!", zischte Alex sichtlich genervt. „Sie lebt auch von Stütze!"

„Wow, da hat sie ihre Freundin Crystal aber ganz schön weit nach vorn gebracht.", stellte Oliver zynisch fest.

„Was hat sie damit zu tun! Ohne Crystal wäre unser Leben noch viel trister und öder!", fauchte der Zeuge.

Oliver trat ganz nah an den Tisch, hinter dem Alex saß, beugte sich zu ihm und sagte leise:

„Oder auch nicht ... Vielleicht müsstest ihr diese ´Ödnis´ nicht erträglicher gestalten, hätte euch Crystal nicht erst in dieses öde Leben geführt?"

„Alles hat auch etwas Gutes!", schrie Alex.

„So, was denn? Schließlich habe nicht ich ihr Leben als öde bezeichnet, sondern sie wählten diese Formulierung."

„Wir haben dadurch im Moment sehr viel Zeit, uns um unsere Tochter zu kümmern!", gab der Zeuge gereizt zurück.

Oliver runzelte die Stirn, atmete einmal tief ein und aus, bevor er mit einem Hauch von Resignation in der Stimme fragte:

„Wie alt ist denn ihre Tochter?"

„Sie ist vier Jahre alt und unser ganzer Stolz!"

„Lebt das Kind ständig bei ihnen?"

„Naja, sie ist sehr oft bei den Großeltern."

„Wahrscheinlich, weil sie sich so liebevoll und intensiv um ihr Kind kümmern ... zusammen mit Crystal.", flüsterte Oliver zynisch. Der Zeuge vor ihm schaute verwirrt und fragte:

„Wie soll ich das verstehen?"

„Vergessen sie einfach meinen letzten Satz. Wenn ich sie vorhin richtig verstanden habe, ist die Mutter der Kleinen, also ihre Partnerin, auch eine dauerhafte 'Freundin' von Crystal?"

„Ja ... und?", fragte Alex verunsichert zurück.

„Wo wurde ihre Tochter geboren?"

„In einer Klinik. Was soll diese Frage?"

„In einer ganz normalen Klinik?"

Der Zeuge faltete seine Hände auf dem Tisch, schaukelte sichtlich erregt in seinem Stuhl leicht vor und zurück. Mit gesenktem Blick antwortete er:

„Nein! Sie kam in einer speziellen Klinik zur Welt ... War eine Risikoschwangerschaft."

„Welcher Art war denn das Risiko? Hat ihre Partnerin während der gesamten Schwangerschaft weiter Crystal konsumiert?"

„Ja, verdammt! Und es hat unserem Kind nicht geschadet!"

Oliver wandte sich von dem jungen Mann vor ihm ab, drehte sich zu Bernhard und sagte mit trauriger Stimme:

„Herr Vorsitzender, ich werde an dieser Stelle meine Befragung beenden ... Ich denke, die meisten Antworten des Zeugen auf meine wenigen Fragen haben gezeigt, wie förderlich auch für ihn und seine Familie die langfristige Freundschaft mit der Angeklagten war und ist."

Nach einer kurzen Pause schob Oliver noch nach:

„Ich will nur bezüglich der letzten Antwort des Alex noch anmerken, dass ich darauf mit einer separaten Zeugin zurückkommen werde. Auf eine der schrecklichsten Seiten dieser Crystal. Auf kleine, unschuldige Babys, die bereits im Mutterleib von ihr angegriffen und abhängig gemacht werden."

Oliver nahm mit traurigem Blick wieder hinter seinem Tisch Platz. Bernhards Frage, ob der Zeuge entlassen werden kann, wurde von allen Parteien bejaht. Alex wollte nicht weiter an der Verhandlung teilnehmen, er verließ den Saal.

Bernhard schaute einige Sekunden zu Oliver. Dieser starrte in Gedanken auf den Tisch vor seinem Stuhl. Etwas verwundert fragte der Vorsitzende:

„Oliver, wenn wir den vereinbarten Rhythmus jetzt wieder beibehalten wollen, sind sie an der Reihe, einen Zeugen aufzurufen ... Oder möchten sie auf weitere Zeugen verzichten?"

Den Kopf leicht schüttelnd erhob sich der Angesprochene von seinem Platz, dabei noch immer scheinbar in Gedanken versunken für einen Moment auf den Tisch vor sich schauend. Seinen Blick hebend, sah er zunächst kurz zu Crystal, dann zu Bernhard, ging wortlos zur Tür des Saales und kehrte mit einer Frau zurück, die er zum Stuhl neben Bernhard geleitete. Als seine neue Zeugin auf diesem Platz genommen hatte, begann er langsam, zuerst jedes Wort abwägend, zu sprechen:

„Herr Vorsitzender, ich habe sehr lange überlegt, ob ich Frau Dietze hier aufrufe." Beim Nennen des Namens deutete er mit der Hand in Richtung der soeben neben Bernhard platzierten Person.

„Ich habe mir diese Entscheidung wirklich nicht leicht gemacht. Doch nach einigen Gesprächen zwischen Frau Dietze und mir haben wir uns gemeinsam entschieden, sie hier als Zeugin zu laden. Bevor ich mit ihr ins Thema einsteige, bitte ich sie, ihre obligatorischen Fragen zu stellen."

Bei den letzten Worten nickte Oliver in Richtung des Vorsitzenden. Dieser folgte sogleich der Aufforderung und wandte sich an die Zeugin:

„Sind sie bitte so freundlich und nennen uns ihren vollständigen Namen."

„Sabine Dietze.", antwortete die Angesprochene.

„Sie wissen, was wir hier tun und warum sie hier sind?"

„Ja, sie führen hier einen prozessartigen Dialog mit diesem Monster dort." Dabei deutete die Frau in Crystals Richtung. Noch bevor die Angeklagte oder Bernhard etwas auf diese Äußerung erwidern konnten, schaltete sich Oliver mit einem Ton ein, der klar machte, dass jetzt erst er etwas sagen wollte und musste:

„Keine Sorge, wir werden uns in weiteren Aussagen um möglichst viel Sachlichkeit bemühen ... Doch bevor es soweit ist, will ich kurz erklären, was ich im Vorfeld mit Frau Dietze abgesprochen habe. Einmal der Sachlichkeit wegen, anderseits, um sie nicht zu sehr zu belasten. Und auch deshalb, weil ich später noch einen Zeugen aufrufen werde, der sich als erfahrener Therapeut und Fachmann ausführlich zu dem Komplex der psychischen Folgen des langen Kontaktes mit Crystal äußern wird, werde ich hier Frau Dietze nicht zu Ursachen und Vorgeschichte ihres wirklich schlimmen Schicksals befragen. Sie ist heute vor allem hier, um dem Schlimmsten, was Eltern passieren kann, beispielhaft Gesicht und Stimme zu geben."

Olivers Blick wanderte zu seiner Zeugin, die ihm leicht zunickte, was wohl bedeuten sollte, dass sie bereit war, auf seine Fragen zu antworten. Vorsichtig, leise begann er:

„Frau Dietze, können sie uns ein wenig darüber erzählen, was am bisher schlimmsten Tag ihres Lebens geschah?"

Die Zeugin nickte unsicher, atmete tief ein und aus, bevor sie mit kraftlos klingender Stimme zu sprechen begann:

„Es war ein Sonntag ... ein wirklich wunderschöner Frühlingssonntag ... warm, blauer Himmel ... überall das frische Grün, das erwachende Leben." Frau Dietze machte eine kurze Pause, schüttelte leicht den Kopf und ließ ihre Hände in den Schoß fallen, bevor sie fort fuhr:

„Ja, erwachendes Leben in der Natur, aber leider nicht in meiner Familie." Sie wischte sich eine Träne von der Wange, setzte sich aufrechter und mit festerer Stimme wandte sie sich an Oliver:

„Verzeihen sie bitte, dass mich die bildhaften Erinnerungen manchmal übermannen ... Zurück zu den sachlichen Ereignissen. Mein Mann hatte mich an diesem Tag zu einem Ausflug an einen See in unserer Nähe überredet. Er meinte, wir müssen uns auch einmal wieder Zeit für uns nehmen und ein wenig ausspannen und erholen. Es war gegen halb drei Nachmittags als mein Handy klingelte. Wir saßen gerade vor einem Restaurant in der Sonne und tranken einen Kaffee. Die angezeigte Nummer kannte ich nicht. Mein Mann meinte, ich solle nicht rangehen, es könne doch nichts so Wichtiges sein, dass es nicht noch bis Montag Zeit hat."

Frau Dietze schien für einen Moment wieder von ihren Erinnerungen überwältigt zu werden. Sie atmete einige Male tief ein und aus, wischte sich mit den Händen übers Gesicht.

„Verzeihen sie bitte, wenn ich manchmal nicht gleich weiter sprechen kann ... Die Erinnerungen sind sehr schmerzhaft ...

Nun, ich habe den Anruf trotzdem angenommen. Am anderen Ende hörte ich eine Männerstimme. 'Sind sie Frau Dietze?', fragte der Anrufer. Ich bejahte. 'Mein Name ist Röder. Ich möchte sie bitten, so schnell als möglich zu mir auf das Polizeirevier zu kommen. Es geht um ihren Sohn.' ... Auf meine hervorgestoßene Frage, was mit meinem Sohn sei, antwortete er nur, dass er dies gerne persönlich und nicht am Telefon mit mir besprechen wolle. Er nannte mir dann noch die Adresse des Reviers und fragte, wann ich denn da sein könne ... 'In einer Stunde.', antwortete ich mit letzter Kraft, bevor ich auflegte und in Tränen ausbrach. Mein Mann versuchte mich zu beruhigen. 'Was immer er wieder ausgefressen hat, wir werden es schon geklärt bekommen.', meinte er."

Da die Zeugin mit einem starren, kraftlosen Blick ihre Ausführungen unterbrach, wandte sich Bernhard nach einiger Zeit an sie:

„Haben sie die Kraft, weiter auszusagen oder benötigen sie eine längere Pause?"

Frau Dietze schüttelte den Kopf:

„Nein, es geht schon ... Verzeihen sie ... Nun, ich war heil froh, als wir endlich auf dem Revier angekommen waren. Ich wollte einfach nur erfahren, was los ist. In meinem Kopf kreisten die Gedanken wie verrückt. Der Beamte bat uns Platz zu nehmen. Nur am Rande nahm ich wahr, dass noch ein Mann und eine Frau im Raum gewesen sind. 'Was ist los, bitte reden sie endlich!', fuhr ich den Mann vor mir aufgeregt an. Mit leiser Stimme fragte er: 'Sind sie die Eltern von Thomas Dietze, geboren am achten Oktober neunzehnhundertdreiundneunzig?'. Wir nickten. Und dann kam der Satz, der mich wie ein Schlag mit einem Riesenhammer traf: 'Frau Dietze, Herr Dietze ... es tut mir sehr leid ihnen mitteilen zu müssen, dass wir ihren Sohn heute tot aufgefunden haben.'"

Tränen begannen beim letzten Satz über die Wangen der Zeugin zu rinnen. Ein kurzer, heftiger Weinkrampf überkam sie. Im Saal war es ansonsten absolut still. Bernhard reichte der Zeugin wortlos eine Packung mit Tempotaschentüchern. Als er seinen Blick auf Oliver und Crystal richtete, sah er, wie letztere grinsend mit den Augen rollte. Durch eine klare Geste gab er ihr zu verstehen, in diesem Moment zu schweigen. Um die entstandene Pause zu beenden, fragte Bernhard vorsichtig:

„Hatte ihr Sohn einen Unfall?"

„Nein", antwortete Frau Dietze mit zitternder Stimme, „kein Unfall … er hatte sich mit einer Überdosis Schlaftabletten das Leben genommen."

Plötzlich sprang die Zeugin auf, zeigte mit der rechten Hand in Crystals Richtung und schrie:

„Und dazu getrieben hat ihn dieses ekelhafte Monster dort!"

Nun schnellte auch die Angeklagte wie eine gespannte Feder von ihrem Platz und rief erregt in Bernhards Richtung:

„Muss ich mir solche Beleidigungen hier gefallen lassen, Herr Vorsitzender? Bin ich jetzt auch noch für alle Selbstmorde auf dieser Welt verantwortlich? Vielleicht ermahnen sie hier nicht nur mich ständig zur Sachlichkeit, sondern ebenso andere anwesende Personen!"

Oliver erschrak über die Heftigkeit der Reaktionen und fragte sich für eine Sekunde, ob es wirklich eine gute Idee gewesen ist, Frau Dietze als Zeugin zu laden. Sie schien emotional noch sehr aufgewühlt und instabil. Doch jetzt war keine Zeit, diesen Überlegungen nachzuhängen, es galt die vorhandene Situation zurück in sachliche Bahnen zu lenken. Deshalb ergriff er mit ruhiger, fester Stimme das Wort:

„Der Herr Vorsitzende muss uns nicht zur Sachlichkeit ermahnen. Ich bitte diesen emotionalen Ausbruch zu entschuldigen. Und sie beide setzen sich wieder auf ihre Plätze und beruhigen sich!" Bei den letzten Worten schaute Oliver zuerst seine Zeugin und dann Crystal streng an, bedeutete ihnen gleichzeitig zur Unterstützung der mündlichen Aufforderung mit einer Geste seiner Hände, sich zu setzen.

„Okay, jetzt atmen wir alle noch einmal tief durch, um danach eine Art Dialog zu führen, wie wir ihn für unsere Verhandlung vereinbart haben!"

Noch einmal schaute Oliver prüfend zu den beiden Gegnerinnen. Dann wandte er sich an Frau Dietze:

„Wie kommen sie zu der Annahme, dass Crystal ihren Sohn in den Selbstmord getrieben hat?"

Von dem wütenden Ausbruch war Olivers Zeugin nun nichts mehr anzumerken. Sie wirkte eher kraftlos und apathisch. Leise, mit monotoner Stimme antwortete sie:

„Weil mein Sohn einen Abschiedsbrief hinterlassen hat."

„Wollen sie uns diesen Brief vorlesen?"

„Nein, das möchte ich nicht. Er ist eine zu persönliche Erinnerung ... und wahrscheinlich würde ich schon nach den ersten Worten daraus nur noch weinen. Unser Sohn bat darin seinen Vater und mich um Verzeihung, weil er uns in den letzten Jahren mit seiner Sucht so viel Ärger bereitet hat und uns mit seinem Tod sicher noch mehr Schmerzen zufügt ... Doch er könne das Leben mit dieser Crystal nicht mehr ertragen. Ein Leben, das ihn fast aller sozialer Kontakte beraubt ... jede positive, berufliche Entwicklung unmöglich macht ... das alle Menschen, die ihn lieben und die sich um ihn sorgen verletzt ... und ihn täglich ein Stück näher zur Gosse bringt."

Die Zeugin machte eine kurze Pause, wischte sich wieder einige Tränen von den Wangen.

„Aber er schrieb auch davon, dass er es trotzdem nicht schafft, von dieser Crystal loszukommen, dass er ohne sie zu keinen positiven Gefühlen mehr fähig ist, sondern nur noch in tiefe, schwarze Löcher fällt, ihn Dunkelheit und Hoffnungslosigkeit umhüllen und ersticken."

Oliver hakte behutsam nach:

„Haben sie den Abschiedsbrief ihres Sohnes noch an dem beschriebenen Sonntag erhalten?"

„Nein, an diesem Tag haben wir nur noch unseren Sohn identifiziert. Wissen sie, jeder von uns hat diese Szenen schon in Kriminalfilmen gesehen ... Und dann trifft einen die Realität ... Können sie sich vorstellen, wie das ist, wenn man in einem kalten, gefliesten Raum steht, vor einem Metalltisch, auf dem ein zugedeckter Körper liegt?" Bei den letzten Worten schaute die Zeugin mit unendlich traurigen Augen zu Bernhard. Bevor dieser etwas sagen konnte, sprach Frau Dietze weiter:

„Noch in diesem Augenblick habe ich gehofft, dass alles nur ein Irrtum ist, ein böser Traum, aus dem ich gleich aufwache ... dort vielleicht jemand ganz anderes liegt ... Dann schlug ein Mann das Tuch zurück und ich sah das Gesicht meines Kindes. Von mir nicht beeinflussbar zogen Bilder durch meinen Kopf. Die Schwangerschaft, wie ich meinen Sohn in mir fühlte, mich auf seine Geburt freute, sein erstes Lachen, sein erstes Zähnchen, seine ersten Schritte. Wie wir abends oft vor dem Einschlafen im Bett gekuschelt und vorgelesen haben, seine Einschulung, wie er mir stolz die ersten Sätze vorlas, unsere gemeinsamen Urlaube, sein Schulabschluss ... Und nun lag mein Sohn hier vor mir, blas und kalt ... Ich streckte meine Hand aus, um ihm übers Gesicht zu streicheln. Es war so sonderbar kalt ... Irgendwann wurde mir schwarz vor Augen und ich verlor das Bewusstsein."

Wieder wischte die Zeugin einige Tränen von ihren Wangen, bevor sie leise weiter sprach:

„Wissen sie, in den vielen Jahren des Kampfes gegen die Drogensucht unseres Sohnes waren wir oft mit den Kräften am Ende, fragten uns immer wieder, was wir denn falsch gemacht haben. Wussten nicht, was wir noch tun könnten. Und trotzdem war immer noch ein kleines Stück Hoffnung, das uns nicht aufgeben ließ, gab es die kleine Chance, vielleicht doch noch alles zum Guten zu wenden."

Frau Dietze atmete einmal tief ein und aus, tupfte sich die Tränen aus dem Gesicht, putzte sich mit einem Taschentuch die Nase, hob ihren Blick zu Oliver, der über die leeren, kraftlosen Augen seiner Zeugin erschrak. Er bemerkte, wie sie ihre Hände zornig zu Fäusten ballte und mit sonderbarer Stimme anhob, weiter zu erzählen:

„Ja, immer wieder ein wenig Hoffnung … bis zu dem Tag, an dem wir an diesem knapp zwei Meter tiefen Erdloch standen, in das der Sarg mit unserem Kind hinab gelassen wurde. In diesem Loch versank nun auch endgültig unsere Hoffnung, unsere Lebensfreude, unsere Chance, noch etwas tun zu können. Es war einfach alles vorbei … Mein Mann und ich blieben ausgebrannt und leer zurück. Dieses Monster dort hatte gewonnen und unseren Sohn unwiderruflich zerstört. Daran konnten auch die vielen Blumen, die vielen Menschen an seinem Grab oder die aufrichtigen, anteilnehmenden, tröstenden Worte der Menschen um uns nichts ändern. Es gibt einfach nichts, das trösten kann, wenn das eigene Kind für immer in einem kalten Erdloch versinkt."

Olivers Zeugin schwieg mit gesenktem Kopf. Nach einer Minute erhob er sich von seinem Stuhl, ging zu Frau Dietze, ergriff deren Hände, drückte diese kurz und sagte leise:

„Ich danke ihnen für ihre Ausführungen ... die ihnen sicher nicht leicht gefallen sind. Möchten sie noch etwas sagen?"

Die Zeugin schüttelte kraftlos mit dem Kopf, ohne ihren Blick zu heben. Oliver drehte sich zu Bernhard:

„Herr Vorsitzender, angesichts der angeschlagenen Verfassung meiner Zeugin bitte ich darum, ihr keine Fragen mehr zu stellen und sie aus dem Zeugenstand zu entlassen."

Bernhard nickte kurz und gab gleichzeitig in Crystals Richtung mit einem Blick zu verstehen, dass er über diese Entscheidung keinerlei Diskussion wünschte. Oliver war seiner Zeugin beim Aufstehen behilflich. Leise fragte er sie:

„Soll ich sie nach draußen geleiten oder möchten sie hier im Zuschauerraum Platz nehmen?"

„Ich will hier bleiben.", antwortete sie kurz.

„Aus meiner Sicht wäre es sinnvoll, dass wir zunächst eine halbstündige Pause einlegen, bevor wir mit unserer Verhandlung fortfahren. Sind sie damit einverstanden?", wandte sich Bernhard an Oliver und Crystal, die beide zustimmend nickten.

Pünktlich zum Ende der Pause waren alle Beteiligten und Zuschauer wieder auf ihren Plätzen. Der Vorsitzende unterbrach das noch herrschende Gemurmel:

„Lassen sie uns weiter machen."

Noch bevor er dem etwas hinzufügen konnte, wandte sich Crystal an Bernhard:

„Herr Vorsitzender, nachdem wir nun wieder eine heulende, mich für die Fehler ihres Lebens verantwortlich machende Zeugin des so objektiven Olivers gehört haben", dabei betonte sie das Wort objektiv spöttisch, „möchte ich nun gerne jemanden aufrufen, der nicht nur meine positiven, psychischen Wirkungen belegen kann, sondern auch meine Fähigkeit, Menschen aus materieller Sicht ein Leben in Wohlstand und der Verwirklichung vieler Träume zu ermöglichen."

Bernhard konnte sehen, wie Olivers Gesicht bei den Worten von Crystal errötete, seine Hände leicht zu zittern begannen. Er konnte zu diesem Zeitpunkt diese Reaktionen nicht einordnen und wandte sich an ihn:

„Oliver, haben sie ein Problem mit weiteren Zeugen der Angeklagten?"

Leise, mit brüchiger Stimme antwortete dieser:

„Nein, wir haben es in den Spielregeln für unsere Verhandlung so vereinbart, obgleich ich befürchte zu wissen, welche Art Zeuge nun erscheint. Ich werde mich bemühen, den Auftritt zu ertragen."

Bernhard schaute seinen Freund ein wenig verständnislos an. Doch bevor dieser etwas sagen konnte, erhob Crystal selbstbewusst ihre Stimme:

„Nun, Herr Vorsitzender, ich denke, mein lieber Ankläger liegt mit seiner Vermutung nicht ganz falsch. Deshalb müssten wir vor dem Erscheinen meines Zeugen auch noch etwas klären."

„Bitte, ich höre.", entgegnete Bernhard.

„Tja, sagen wir mal so, leider stellen die Gesetze dieses Landes Menschen unter Strafe, die durch eine Freundschaft mit mir materiellen Wohlstand erlangen."

Kurz schweigend, blickte Crystal auf den Tisch vor sich, ließ ihren rechten Zeigefinger darauf ein paar Kreise malen, bevor sie aufblickte und fort fuhr:

„Wir müssten klar vereinbaren, dass mein Zeuge hier keine persönlichen Daten offenlegen muss und unseren Verhandlungssaal nach seiner Aussage ungehindert wieder verlassen darf."

Bernhard begann nun zu verstehen und fragte erschrocken:
„Sehe ich das richtig, sie wollen hier einen Dealer als Zeugen aufrufen?"
„Dealer, was für ein hässliches, negativ belastetes Wort, lieber Herr Vorsitzender.", hauchte Crystal lächelnd.
Oliver starrte auf den Tisch vor sich. Man konnte sehen, wie seine Kiefermuskeln arbeiteten. Bernhard wandte sich an ihn:
„In diesem besonderen Fall würde ich meine Entscheidung von Olivers Einverständnis abhängig machen."
Dieser hob leicht seine rechte Hand und flüsterte, ohne aufzusehen:
„Ich werde es versuchen zu ertragen."
Nach diesen Worten hob er seinen Kopf, blickte hasserfüllt zu Crystal und schob entschlossen nach:
„Und sicher von meinem Recht eines Kreuzverhöres Gebrauch machen."
Die Angesprochene lächelte kühl zurück und flüsterte mit spöttischem Unterton:
„Aber gerne doch, Herr Ankläger. Natürlich nur, wenn es ihnen ihr Gemütszustand erlaubt, vernünftige Fragen zu formulieren."
Bevor sie noch etwas sagen konnte, wurde sie von Bernhard mit strenger Stimme angesprochen:
„Sie sollten das Entgegenkommen Olivers in diesem Punkt zu schätzen wissen und ihn nicht weiter provozieren!"
„Provozieren?", zischte Crystal. „Oh, das wollte ich nicht."
Als sie bei ihren letzten Worten dem Blick von Bernhard begegnete, verschwand ihr Lächeln sofort.
„Nun, Herr Vorsitzender, ist es abgemacht, dass mein Zeuge keine persönlichen Daten offenlegen muss und unbehelligt wieder gehen kann?"
Bernhard zuckte mit den Schultern.

„Wir sind hier kein richtiges Gericht. Meinetwegen können wir ihren Zeugen Mister D nennen und ich werde ihn nach seiner Aussage nicht am Gehen hindern."

„Prima", trällerte Crystal, „dann kann ich ihn jetzt aufrufen."

Sie schloss kurz die Augen und Sekunden später klopfte es an der Tür, was Bernhard mit einem 'Herein!' quittierte.

Ein junger Mann betrat den Saal. Bernhard schätze ihn auf Mitte zwanzig. Er war sehr elegant gekleidet, trug eine Sonnenbrille. Vor dem Tisch des Vorsitzenden angekommen, winkte er lächelnd Crystal zu und begrüßte danach Bernhard mit einem 'Hey!'. Dieser deutete auf den Zeugenstuhl.

„Nehmen sie bitte hier Platz. Da sie ihre persönlichen Daten nicht offen legen wollen, haben wir uns geeinigt, sie mit Mister D anzusprechen. Ist das so okay?"

Der Mann setzte sich, lehnte sich entspannt zurück und antwortete lächelnd, ohne seine Sonnenbrille abzusetzen:

„Ja, sprechen sie mich an wie sie wollen."

Crystal erhob sich, ging auf ihren Zeugen zu.

„Herr Vorsitzender, gestatten sie, dass ich mit der Befragung beginne?"

Bernhard nickte.

„Mister D, wie lange kennen sie mich schon?"

„Ungefähr sieben Jahre. Aber das wissen sie doch."

„Sicher weiß ich das. Doch hier geht es darum, auch den anderen Teilnehmern dieser Verhandlung etwas über unsere Beziehung zu vermitteln. Der liebe Oliver hier", dabei zeigte sie mit der linken Hand in dessen Richtung, ohne ihn anzuschauen, „ist nämlich sehr bemüht zu zeigen, welch schreckliche Person ich bin und wie ich das Leben tausender Menschen zerstöre .... Habe ich ihr Leben zerstört?"

Ein breites Grinsen huschte übers Gesicht des Zeugen.

„Mein Leben haben sie bestimmt nicht zerstört. Im Gegenteil, seit ich sie kenne, habe ich erst einmal angefangen zu leben!"

Zufrieden lächelnd fuhr Crystal fort:

„Sind sie bitte so freundlich und erklären dies den Anwesenden etwas genauer. Und keine Sorge, egal was sie hier aussagen, sie werden danach ungehindert gehen dürfen."

Bei ihren letzten Worten schaute sie prüfend zu Bernhard. Dieser nickte leicht und antwortete:

„So haben wir es besprochen."

Wieder lächelte Crystal zufrieden und bedeutete dem Zeugen mit einer Handbewegung, fortzufahren.

„Tja, wo fange ich an.", begann dieser nachdenklich.

„Bevor ich sie kennenlernte, habe ich mir den Arsch im Dreischichtsystem für knapp tausend Euro aufgerissen. Der miese Job hat mein ganzes Leben bestimmt. Naja, falls man das Leben nennen konnte. Mit tausend Mäusen im Monat war es wohl eher ein Versuch zu überleben. Kleine, mit Billigmöbeln eingerichtete Wohnung, altes Schrottauto vor der Tür und wenn alle laufenden Kosten bezahlt waren, vielleicht noch hundert, manchmal auch hundertfünfzig Euro fürs Partymachen. Echt ein scheiß Leben."

Bei seinen letzten Worten richtete sich sein Blick leicht nach oben und der Ausdruck seines Gesichtes wurde ernster, so als kamen wenig schöne Erinnerungen ins Gedächtnis.

Crystal hakte nach:

„Ich habe also ihr 'beschissenes' Leben nicht noch schlimmer gemacht – so wie es der Herr Ankläger stets behauptet – sondern zum Besseren verkehrt?"

Der Zeuge schaute Crystal an und sofort kam sein anfängliches Lächeln zurück.

„Oh ja, das haben sie! Ich besitze heute ein schönes Haus, in dem ich lebe, mehrere, vermietete andere Häuser, kann mir aufregende, spannende Reisen leisten, fahre ein Auto der Oberklasse, habe noch einen Sportflitzer in der Garage stehen und kann im Monat mehr Geld für mich ausgeben, als ich früher im ganzen Jahr verdient habe."

Über Crystals Gesicht zog sich bei diesen Worten ein breites, selbstsicheres Grinsen. Dem Zeugen zuzwinkernd hauchte sie fast die Frage:

„Und diese tolle Veränderung ihres Lebens ist wirklich durch mich eingetreten?"

„Ausschließlich. Ohne sie würde ich bestimmt noch immer als armes Schwein vor mich hinvegetieren."

„Womit genau verdienen sie heute so viel schönes Geld?", hakte Crystal nach. Bernhard konnte sehen, wie bei den Worten 'schönes Geld' Olivers Gesicht leicht errötete und er sichtlich damit zu kämpfen hatte, nicht die Fassung zu verlieren. Mister D lehnte sich, von der Frage scheinbar geschmeichelt, selbstsicher im Stuhl zurück, lächelte Crystal zu und antwortete:

„Nun, im Wesentlichen damit, für sie neue Freunde zu gewinnen und dafür zu sorgen, dass die bestehenden den Kontakt zu ihnen nicht verlieren. Sicher haben sie ja im bisherigen Verlauf ihrer Verhandlung schon erwähnt, dass der Kontakt mit ihnen nicht kostenlos ist." Bei den letzten Worten grinste der Zeuge sehr ausverschämt. Crystal nickte amüsiert und entgegnete fröhlich:

„Ja, ja, das haben wir bereits erörtert. Da sie hier sicher nicht zu viel über ihre Geschäfte im Detail darlegen wollen, gestatten sie mir zur Klarstellung nur noch eine Frage:

„Gibt es irgendeinen Umstand, mit dem ich ihr Leben negativ beeinflusst habe?"

Der Zeuge lächelte, hob kurz beide Hände und antwortete:

„Nein, wirklich nicht. Sie haben mein Leben nur extrem positiv beeinflusst. Mir fällt echt nichts Negatives ein."

Zufrieden lächelnd drehte sich Crystal in Richtung der Zuschauer.

„Ich darf also klar feststellen, dass es eine Lüge des lieben Olivers ist", dabei betonte sie das Wort 'lieben' sehr zynisch, „ich würde die Leben jener Menschen, die mit mir in Kontakt stehen, ausschließlich zerstören! Dieser Zeuge hier belegt eindeutig, dass dies nicht so ist!" Beim letzten Satz zeigte sie mit ihrem linken Arm in Richtung des Mister D und ließ gleichzeitig ihren Blick von den Zuschauern zu Oliver wandern. Der hatte, angesichts dieser Worte und Crystals selbstherrliches Grinsen vor Augen, große Probleme die Fassung zu wahren und nicht schreiend aufzuspringen. Crystal genoss es noch einige Sekunden, ihren Ankläger so zu sehen, bevor sie sich zu Bernhard drehte und zufrieden hauchte:

„Herr Vorsitzender, ich habe keine Fragen mehr an diesen Zeugen. Meinetwegen kann er gehen."

Crystal lächelte dem Mann auf dem Zeugenstuhl noch einmal zu, ging zu ihrem Platz, setzte sich, schlug ihre Beine übereinander, legte die Hände in den Schoß und verbreitete einen sehr zufriedenen Eindruck. Bernhard richtete seinen Blick auf Oliver. Dieser schien noch immer sehr aufgewühlt. Er wandte sich an ihn:

„Möchten sie dem Zeugen auch Fragen stellen?"

Der Angesprochene erhob sich, ging langsam in Richtung des Mister D, nickte dem Vorsitzenden zu und antwortete:

„Oh ja, das will ich unbedingt!"

Vor dem Tisch des Zeugen angekommen, schob Oliver die Hände in seine Hosentaschen und fixierte den jungen Mann auf dem Zeugenstuhl mit einem festen Blick. Dann begann er langsam, mit leiser Stimme:

„Beschränkt sich ihre Beziehung zu Crystal ausschließlich auf die materielle Seite oder genießen sie auch die anderen, von ihr so gerne gepriesenen Vorzüge?"

Mister D verzog kurz sein Gesicht, setzte allerdings im nächsten Augenblick wieder sein selbstzufriedenes Grinsen auf und entgegnete Oliver:

„Also, Herr Ankläger", das letzte Wort betonte er ein wenig hämisch, „sehe ich aus wie ein Idiot?"

„Warum sollte ich sie für einen Idioten halten? Wie von ihnen gerade ausgeführt, sorgen sie doch mit ihren Aktivitäten ganz wesentlich dafür, dass Crystal möglichst viele, neue Kontakte findet und sie am besten für immer behält? Sollten sie da nicht von all ihren Vorzügen überzeugt sein?"

„Werter Herr Ankläger, ich bin Geschäftsmann und kein Opfer, wie all diese Schwachköpfe, die ohne Crystal nicht mehr klar kommen. Meine Beziehung zu ihr beschränkt sich rein auf das Materielle. Für das, was ich tue, benötige ich einen klaren Kopf!"

Oliver atmete einmal tief ein und wieder aus, bevor er fort fuhr:

„Vielleicht kommen wir gleich noch einmal auf den klaren Kopf zurück. Ich verstehe auch ein wenig von Vertrieb. Dürfen wir denn etwas detaillierter erfahren, wie ihre Verkaufsorganisation funktioniert?"

Mister D lehnte sich in seinem Stuhl zurück. Einerseits schien ihm Olivers Interesse zu schmeicheln, andererseits dachte er einen Augenblick darüber nach, ob es gut wäre, auf diese Frage zu antworten.

„Nun, ich bin der Kopf des Ganzen, steuere den Einkauf und den Verkauf von Crystal. Okay, wir handeln nicht nur mit ihr, allerdings verdiene ich mit der Gewinnung und Versorgung ihrer Freunde das meiste Geld. Unter mir gibt es noch eine Ebene mit Leuten, deren Beziehung sich ebenfalls auf das rein

Materielle beschränkt. Jede Abweichung davon würde ich auf dieser Ebene niemals tolerieren."

„Warum nicht?"

„Hören sie, ich muss ihnen doch wohl nicht erklären, welche Auswirkungen ein zu langer Genuss der lieben Crystal erzeugt?"

Bei den letzten Worten schaute er zur Angeklagten, nickte ihr zu und schob nach:

„Sorry, es ist nun einmal so."

Crystal machte lächelnd eine Handbewegung, die wohl bedeutete, dass sie ihm diese Einschätzung verzeiht. Mister D gab ein Lächeln zurück und fuhr zu Oliver gewandt fort:

„Irgendwann dreht sich bei all jenen, die sich nicht auf die rein materielle Ebene beschränken, alles nur noch um Crystal. Diese Leute können nicht mehr klar denken oder planen. Sind absolut unzuverlässig, halten oft keine Termine und Absprachen ein. Meine Mitarbeiter auf der zweiten Ebene sind praktisch so etwas wie Führungskräfte. Da wären solche Verhaltensweisen absolut nicht tolerierbar. Zumindest nicht, wenn man sein Geschäft erfolgreich betreiben will."

Während des letzten Satzes legte sich wieder dieses unsägliche, selbstzufriedene Grinsen über das Gesicht des jungen Mannes vor Oliver. Und dieser spürte, wie eine unbändige Wut in ihm aufstieg. `Reiß dich zusammen! Lass dich nicht provozieren!´, schoss es ihm durch den Kopf. Um Fassung bemüht, fragte er:

„Wie sehen die Strukturen unter dieser zweiten Ebene aus?"

„Tja, die sind ein wenig – sagen wir mal – fließend. Hier sind vor allem Leute unterwegs, die Crystal nicht nur verkaufen, sondern auch selbst konsumieren."

„Wie rekrutieren sie ihre Verkäufer der unteren Ebenen?"

„Relativ einfach … Zuerst einmal sind wir bemüht, einem jungen Menschen den – nennen wir es einmal – Erstkontakt mit Crystal zu vermitteln."

„Ist dies nicht schwierig und stößt oft auf Ablehnung?"

„Ablehnung? Schwierig? Ich lache mich gleich kaputt!"

Bei seiner letzten Antwort klopfte der Zeuge mit der rechten Hand auf den Tisch und schob ein lautes Lachen nach. Während Oliver fast seine ganze Kraft dafür benötigte, sein unbändiges Verlangen danach zu unterdrücken, diesem Dealer vor sich mit der Faust ins Gesicht zu schlagen, fragte er mit leicht zitternder Stimme nach:

„Was ist an meiner Frage so lächerlich?"

„Die meisten der jungen Damen und Herren haben keine Ahnung von Crystal. Maximal kennen sie ihre kurzfristig, wirklich positive Wirkung. Deshalb reißen sie uns die ersten, in meiner Organisation kostenlos abgegebenen Proben von Crystal förmlich aus der Hand. Nix Ablehnung! Neugier und Habenwollen ist dabei angesagt!"

„Und wie geht es dann weiter?"

„Wie geht es weiter?", wiederholte Mister D spöttisch die Frage von Oliver. „Ich denke sie sind ein unversöhnlicher Gegner Crystals? Dann müssen sie doch wissen, wie es weiter geht?"

„Ich will es hier im Rahmen unserer Verhandlung aber von ihnen hören."

Mit einer Handbewegung hinter sich zeigend, fügte Oliver hinzu: „Auch für unsere Zuhörer im Saal."

„Tja, wie geht es weiter … Nach den ersten Kostproben müssen die neuen Freunde Crystals natürlich für ihre Präsenz bezahlen!" Schmutzig grinsend schob der Zeuge nach: „Ich muss ja schließlich auch von etwas leben!"

„Okay, Crystals neue Freunde können doch einfach zahlen. Warum sollten sie selbst verkaufen?"

„Sie wissen schon, was die dauerhafte Freundschaft mit Crystal kostet?"

„Sind sie so freundlich und erläutern uns dazu ein paar Zahlen. Die meisten Leute hier im Saal werden darüber nichts wissen."

„Mein Gott, das ist ja hier ein Anfängerseminar!"

Kaum war dem Zeugen dieser Satz entfahren, zischte Bernhard sichtlich wütend:

„Ich bitte mit Nachdruck um ein gebührliches Verhalten gegenüber dem Ankläger und unseren Zuhörern! Lassen sie also jegliche sarkastische Anmerkungen!"

Mister D hob wie zur Entschuldig beide Hände kurz vom Tisch und antwortete nun ohne sein selbstsicheres Dauergrinsen:

„Also, Crystal möge mir verzeihen, denn bei einer Lady spricht man nicht vom Gewicht, aber in meinem Geschäft wird alles anhand von Gramm und Kilogramm berechnet. Am Markt kann man heute als Konsument schon ein Gramm von Crystal für 10-20 € erhalten. Allerdings verkaufe ich solch einen gepanschten Dreck nicht. Bei mir liegen die Preise zwischen 30-70 € je Gramm ... Abhängig von der Kundschaft ... Für die Idioten, die kaum noch was merken, reicht Crystal etwas billiger in gestreckter Form, für meine gehobene Kundschaft muss ich schon möglichst reine Qualität bieten. Und die gibt es nun mal nicht für 10 oder 20 €."

Bernhard konnte an den Taschen von Olivers Hose erkennen, dass er seine darin steckenden Hände zur Faust geballt hatte. Doch bevor er etwas sagen konnte, fuhr dieser fort:

„Wie viel Geld benötigt denn jemand so pro Monat, der sich der Freundschaft mit Crystal hingibt?"

„Tja, dies hängt davon ab, wie intensiv er in diese Freundschaft eintaucht. Ich habe Kunden, bei denen reichen zwei, dreihundert Euro. Andere brauchen zwei-, dreitausend."

Ein Raunen ging durch den Saal. Sofort erhob Bernhard seinen rechten Zeigefinger, worauf die vorherige Ruhe schnell zurückkehrte. Oliver drehte sich um, ging in Richtung seines Tisches und setzte sich auf dessen Kante.

„Nun, Herr Zeuge, an der kurzen Reaktion im Saal haben sie registrieren können, dass sich sicher viele hier die gleiche Frage angesichts dieser Zahlen stellten: Woher bekommen Crystals Freunde so viel Geld? Insbesondere, wenn sie noch sehr jung sind. Wie alt sind eigentlich ihre jüngsten Kunden, die sie für Crystal anwerben?"

Das letzte Wort betonte Oliver in einer Mischung aus Sarkasmus und Ekel. Da der Zeuge nicht sofort antwortete, hakte Oliver nach:

„Nun, wollen sie auf meine letzte Frage nicht antworten?"

„Tja …. Sie werden immer jünger."

„Wie jung?"

Dem Zeugen schien diese Frage nicht sehr angenehm. Er rutschte auf seinem Stuhl etwas hin und her, bis er ungewohnt leise antwortete:

„Naja, im Schnitt so zwölf, dreizehn Jahre."

Wieder wurde es im Saal lauter. Noch bevor Bernhard reagieren konnte, drehte sich Oliver in Richtung der Zuhörer.

„Meine Damen, meine Herren, ich bitte wieder um Disziplin! Allerdings – sicher im Gegensatz zu unserem Vorsitzenden – freue ich mich über die gelegentliche Unruhe. Denn mir zeigt diese Reaktion ihrerseits, dass sie von dem Gehörten überrascht sind, davon bisher nichts wussten. Und genau aus diesem Grunde führen wir doch diese Verhandlung!"

Wieder in Richtung des Zeugen gewandt, fuhr er fort:

„Zwölf, dreizehn … In diesem Alter verfügt niemand über eigenes Einkommen. Woher nehmen ihre Kunden" – dieses

Wort betonte Oliver angeekelt – „so viel Geld? Oder interessiert sie dies nicht?"

Mister D dachte einen Moment nach, bevor er antwortete:

„Grundsätzlich muss ich mich dafür nicht interessieren, denn wer mit Crystal intensiv befreundet ist, besorgt sich irgendwie immer das Geld, welches er für ihre Präsenz braucht ... Sie haben mich erst gefragt, wie ich die Verkäufer an der Basis rekrutiere. Genau über diesen Geldbedarf. Wer sich geschickt anstellt, verkauft selbst und verdient sich damit das Geld für seinen eigenen Bedarf an Crystals Zuwendung. Oder streckt sie in einem vorsichtigen Umfang so, dass sein Eigenbedarf mit abfällt."

„Aber selbst einem Dreizehnjährigen müsste doch klar sein, dass auch vor unseren Gesetzen ein wesentlicher Unterschied zwischen dem Konsum von Crystal und deren Verkauf besteht?"

„Ooooh ja!", stieß der Zeuge lachend und sich auf seinem Stuhl nach hinten werfend hervor. „Unsere Gesetze!" Langsam beugte er sich wieder vor, fixierte Oliver und fuhr mit fester, ruhiger Stimme fort:

„Die unteren Ebenen denken darüber nicht nach, weil sie alles tun würden, um ihren Bedarf an Crystals zu sicher ... Und was die oberen Ebenen angeht, darf ich ihnen aus meiner Erfahrung sagen, dass Entscheidungen oft in der Abwägung von Chance und Gefahr getroffen werden. Wissen sie, wie ich auf dieses Geschäftsfeld aufmerksam geworden bin?"

Oliver schüttelte leicht den Kopf. Ohne eine Antwort abzuwarten, fuhr der Zeuge fort:

„Haben sie einmal etwas von der XY-Bande gehört?"

„Ich habe darüber vor einigen Jahren einen Artikel gelesen. Aber gehen sie bitte davon aus, dass die anderen hier im Saal nichts darüber wissen."

„Nun, diese sogenannte Bande wurde 1994 in Neuruppin gegründet. Ihren Namen XY erhielt sie deshalb, weil ihre führenden Mitglieder im Nummernschild ihrer schicken, schwarzen Autos alle die Kennung XY nutzten. Bevor er erfolgreicher Bandenchef wurde, war ihr Gründer Würstchenverkäufer."

„Was hat dies mit meiner Ausgangsfrage bezüglich der gesetzlichen Differenzierung zwischen dem Konsum und dem Verkauf von Crystal zu tun?"

„Keine Sorge, Herr Ankläger, ich komme sofort darauf ... Bei der Zerschlagung der Organisation im Jahr 2004, war ihr Kopf zu einem der angesehensten Bürger seiner Stadt aufgestiegen. Er war umworbener Stadtsanierer, Fussballklubpräsident, Parteiensponsor und sogar Stadtverordnetenvertreter. Seine Verbindungen reichten über Polizei, Rathaus, Grundstücksamt, Gewerbeaufsichtsamt bis zu Anwälten. Und warum war aus einem Würstchenverkäufer über die Jahre so ein einflussreicher Mann geworden? Wegen seiner Weisheit, seinem Edelmut?"

Oliver saß schweigend auf der Kante seines Tisches. Mister D beugte sich nach vorne auf ihn zu und rief laut:

„Nur wegen seinem Geld! Seiner fetten Kohle!"

Der Zeuge lehnte sich wieder zurück, fuhr im normalen Ton fort:

„Es geht doch immer nur um die Kohle. Hast du viel Geld, bist du jemand, hast du keines, bist du ein Arsch. Niemand hat damals ernsthaft gefragt, woher plötzlich so viel Geld kam. Jeder konnte sich denken, dass solch schneller Reichtum legal kaum möglich ist. Hat es die meisten Menschen interessiert? Nein! Vielleicht hat so manch bekloppter Fußballfan seinem auch so gönnerhaften Klubpräsidenten ekstatisch zugejubelt, während sich sein Kind mit Drogen, geliefert vom Herrn Präsidenten, gerade das Hirn wegbügelte!"

„Ich erkenne noch immer nicht den Bezug zu meiner Ausgangsfrage.", warf Oliver ein.

„Keine Sorge, ich leide nicht an Gedächtnisverlust! Ihre Ausgangsfrage .... Was wird ein Würstchenverkäufer 1994 in Neuruppin verdient haben? Sagen wir zu heute umgerechnet vielleicht auch einen Tausender?"

Oliver zuckte zuerst leicht mit den Schultern und nickte dann.

„Im Rahmen der Ermittlungen gegen die XY-Bande schätze man den gemachten Gewinn auf 1,5 Millionen Euro. Nun, nach meinen Erfahrungen dürfte er deutlich höher gewesen sein, aber egal. Einigen wir uns auf die Annahme, der ehemalige Bandenchef hat in den zehn Jahren seiner Aktivitäten nur zwei Millionen zur Seite gelegt. Hätte er dies als Würstchenverkäufer geschafft?"

„Wohl kaum.", entgegnete Oliver. Bevor er weiter sprechen konnte, gebot ihm der Zeuge mit einer Handbewegung, noch auf seine weiteren Ausführungen zu warten.

„Und jetzt, Herr Ankläger, komme ich zu ihrer Ausgangsfrage. Erinnern sie sich an meine Einschätzung, dass die meisten Entscheidungen in der Abwägung zwischen Chance und Gefahr getroffen werden?"

Oliver nickte leicht, allerdings noch immer nicht verstehend, was ihm sein Gegenüber sagen wollte.

„Wissen sie, welche Strafe der Kopf der Bande erhalten hat?"

Noch bevor Oliver antworten konnte, fuhr Mister D fort:

„Zwölf Jahre Freiheitsstrafe! Als Kopf der größten, je in Ostdeutschland zerschlagenen, kriminellen Organisation für Drogenhandel und Glücksspiel. Wissen sie, was die Gesetze dieses Landes für vergleichsweise – nennen wir sie einmal – normale Dealer vorsehen? Freiheitsstrafen bis maximal fünf Jahre. Da die 'Basisverkäufer' allerdings meist sehr jung sind, gibt es oft sogar Bewährung. Ein Beispiel aus meiner

Organisation: Einer meiner Verkäufer der zweiten Ebene war –
entgegen meinem Rat – etwas unvorsichtig, hat zu viel
gequatscht ... Also wurde er irgendwann hochgenommen.
Auch in seinem Fall war es so wie in den meisten anderen: Von
dem verdienten Geld wurde kaum etwas sichergestellt. Dieser
Mitarbeiter meiner Organisation – wenn ich ihn mal so nennen
darf – hat in drei Jahren circa vierhundertfünfzigtausend Euro
verdient. Die strengen Gesetze unseres Landes", wobei der
Zeuge beim Wort streng Gänsefüßchen mit den Fingern in die
Luft malte, „haben ihn zu zwei Jahren Haft ohne Bewährung
verurteilt ... Zwei Jahre! Das sind über zweihunderttausend
Euro netto, steuerfrei pro Jahr Haft!"
Der Zeuge lehnte sich wieder im Stuhl genüsslich zurück und
fuhr mit einem süffisanten Grinsen fort:
„Angesicht solcher Zahlen sehen die meisten meiner Leute
mehr Chancen als Risiken. Wobei, wie bereits erwähnt, auf der
unteren Ebene sicher weniger diese Abwägung stattfindet, weil
die Sucht nach Crystals Präsenz den Blick für Gefahren bald
ausschaltet. Die Verkäufer dieser Ebene werden ohnehin meist
nur mit kleinsten, mitgeführten Mengen erwischt und erhalten
maximal Bewährungsstrafen, wenn überhaupt. Unser Strafrecht
ist ja zu jungen Menschen sehr freundlich."
Nach dem letzten Satz entfuhr dem Mister D ein hämisches
Lachen. Gerade als Oliver etwas sagen wollte, nahm er hinter
sich ein Geräusch war, drehte sich um. Seine vorherige Zeugin
war von ihrem Stuhl aufgestanden und ging mit Tränen auf
den Wangen sehr schnell zur Ausgangstür des Saales.
ʹVerdammter Mist!ʹ, schoss es Oliver durch den Kopf, ʹIch hätte
sie bei der Befragung dieses Zeugen nicht hier im Saal lassen
dürfen. Welche Qual musste es für eine Mutter sein, die ihren
Sohn durch Crystal verloren hatte, diesem arroganten Mister D
zuzuhören?ʹ Oliver wurde durch ein Hüsteln Bernhards aus

seinen Gedanken gerissen. Dieser bedeutete ihm mit einer Handbewegung, sich auf die Befragung des Zeugen zu konzentrieren. Mit leicht bebender Stimme wandte sich Oliver wieder an den Zeugen:

„Sie meinen also, die Strafen für den Verkauf von Drogen, speziell von Crystal sind zu niedrig?"

„Zumindest sind sie so, dass man geneigt ist, eher Chancen als die mögliche Strafe zu sehen."

„Wo eigentlich findet ihr Geschäft statt?"

„Auf der Straße.", entgegnete der Zeuge gelangweilt.

„Nur auf der Straße?"

„Nein, natürlich nicht. Gute Umsätze lassen sich auch in Bars und Diskotheken machen."

„Verkauft ihre Organisation auch an Schulen?" Bei dieser Frage fixierte Oliver den Zeugen mit einem solch festen Blick, dass dieser kurz verunsichert schien und mit seiner Antwort zögerte. Mit einer Handbewegung unterstrich Oliver, dass er auf eine Antwort bestand.

„Ja, wir verkaufen auch dort.", sagte Mister D leise.

„Und wer verkauft dort?"

Der Zeuge runzelte die Stirn und zischte:

„Wer soll wohl an Schulen verkaufen? Natürlich Schüler!"

„Spielt für den Verkaufsumsatz der Status der Schule eine Rolle? Ich meine, macht es einen Unterschied, ob Hauptschule oder Gymnasium?"

Mister D lachte kurz, bevor er antwortete:

„Oh ja, das macht einen großen Unterschied! Im Regelfall laufen meine Umsätze an den Gymnasien besser als an den Haupt- oder Realschulen."

Der Zeuge machte eine kurze, nachdenkliche Pause, beugte sich dann leicht in Olivers Richtung vor und fuhr fort:

„Wissen sie, unser Bildungssystem ist für meine Geschäfte recht hilfreich. Klar, mein Umsatz an Haupt- und Realschulen ist auch nicht schlecht. Die Leute dort sind – wie erst schon einmal erwähnt – ebenfalls sehr unbedarft und freuen sich über Crystals erste, tolle Wirkungen. An den Gymnasien ist dies allerdings etwas anders. Viele Eltern sehen für ihre Kinder doch nur gute Chancen auf ein erfülltes Leben, wenn sie ein Abitur machen. Also werden die Kinder auf Biegen und Brechen in der fünften Klasse zum Gymnasium gedrückt. Ob sie dafür tatsächlich geeignet sind oder es wollen, interessiert viele Eltern gar nicht …Wissen sie, dass es Regionen in Deutschland gibt, in denen mehr Kinder in der fünften Klasse zum Gymnasium wechseln als zur Realschule? Was für ein Schwachsinn!"

Mister D machte eine kurze Pause, lehnte sich zurück.

„Und dann quälen sich viele durch … teilweise überfordert, drohen unter dem Leistungsdruck zu zerbrechen. Dieses Klientel ist für Crystals Freundschaft sehr empfänglich … Entweder als leistungssteigernde Lernhilfe oder als zeitweise Flucht in eine Welt ohne Stress und Druck. Dabei spielt natürlich nicht nur die Angeklagte eine Rolle. Vor einigen Wochen hat mir ein Schüler erzählt, dass er bei dem aktuellen Leistungsdruck durch Schule und Eltern ohne Kiffen nicht mehr abschalten und entspannen kann. Andere wollen das Abitur nicht einfach nur schaffen, sondern unter den Besten sein. Dafür ist manchen Schülern – und ich denke auch manchen Eltern – jedes Mittel recht. Zumindest sonnen sie sich lieber im Glanz eines Kindes, das zu den Besten zählt, statt darauf zu achten, ob ihr Kind dabei kaputt gemacht wird. Denn Mittelmaß ist in unserer Gesellschaft einfach nur als Scheiße definiert … Tja, manchmal klappt das Sonnen mit Crystal und manchmal nicht."

„Was heißt manchmal klappt es, manchmal nicht?", hakte Oliver nach. Der Zeuge überlegte kurz, bevor er antwortete: „Nun, ich bin der Experte für Crystals Vertrieb, nicht für alle ihre Wirkungen. Ich kenne halt einige Kunden, die mit dosierter Freundschaft zu Crystal ihre Leistungen steigern konnten. Allerdings deutlich mehr Typen, die ihr letztlich so verfallen sind, dass nichts mehr ging. Sozusagen Totalschaden: Nix Abitur, nix Schulabschluss, nix Ausbildung, nix tolles Leben."

Oliver runzelte die Stirn und fragte leise:

„Haben sie angesichts dieses Wissens eigentlich schon jemals einen Gedanken daran verschwendet, wie viel Tränen und Leid an ihrem verdienten Geld kleben?" Diesmal malte Oliver beim Wort 'verdient' Gänsefüßchen mit den Fingern in die Luft. Der Zeuge warf die Hände nach oben, beugte sich in Olivers Richtung und schrie fast:

„Auf dieser Welt kleben Tränen an dem meisten Geld! Sie tragen eine dunkle Markenjeans. Wie viel haben sie dafür bezahlt?"

„Ich verstehe ihre Frage nicht?"

„Antworten sie mir bitte einfach!"

„Ich glaube um die einhundert Euro."

„Wissen sie, was so eine Jeans am Weltmarkt im Einkauf kostet?"

Oliver zuckte kurz mit den Schultern.

„Herr Ankläger, ich investiere mein Geld hin und wieder auch in legale Geschäfte. So eine Jeans erhalten sie im Einkauf auf dem Weltmarkt schon für fünf Euro. Glauben sie ernsthaft, dass ihre Hose zu diesem Preis ohne Tränen hergestellt werden konnte? Interessiert sie oder irgendeinen anderen Käufer das?"

Oliver ging einen Schritt auf den Zeugen zu, bemühte sich, sehr ruhig zu bleiben.

„Ich bestreite keines Falls, dass es auf dieser Welt noch sehr, sehr viel Unrecht, Tränen und Blut gibt ... Doch heute und hier geht es nicht um die Tränen der Welt, sondern die Ströme von Tränen, für die sie verantwortlich sind."

Mister D zuckte kurz mit den Schultern.

„Tja, wie viele andere Leute, die gutes Geld verdienen, muss auch ich mit der Verantwortung der Tränen leben. Ich biete schließlich nur die Freundschaft mit Crystal an, ob sie jemand will, ist letztlich nicht meine Entscheidung."

Oliver spürte, wie sein Herzschlag wieder heftiger wurde. Bemüht um eine ruhige Aussprache, redete er weiter:

„Nun gut, lassen sie uns vom Theoretisieren über Verantwortung und Tränen zu einer konkreten Frage zurückkehren. Sie hatten uns bereits erklärt, wie junge Menschen den enormen Geldbedarf für die dauerhafte Präsenz Crystals durch ihren Verkauf, sagen wir einmal, besorgen. Aber es verkaufen doch nicht alle ihre Kunden selbst?"

„Nein! Das wäre aus meiner Sicht toll, aber achtzig Prozent von Crystals Freunden sind dafür zu doof oder zu feige."

Bei den letzten Worten grinste der Zeuge wieder derart hämisch, dass Oliver nur mit äußerster Selbstdisziplin seinen Drang unterdrücken konnte, auf den Mann vor sich einzuschlagen. Mit bebender Stimme schob er nach:

„Wie finanzieren denn dann die 'Nichtverkäufer' ihren Konsum?"

„Was fragen sie mich das? Fragen sie doch diese Leute selbst!"

„Sie wissen darüber also nichts?"

„Wie bereits erwähnt, ist es für mich nur wichtig, dass diese Typen möglichst viel Geld zum Kauf von Crystal haben ... Naja, sicher höre ich auch die eine oder andere Geschichte, woher das notwendige Geld besorgt wird."

„Nun, vielleicht sind sie so freundlich und erzählen uns das eine oder andere Beispiel?", fragte Oliver leicht zynisch nach.

„Am Anfang wird zunehmend alles Taschengeld für Crystals Präsenz ausgegeben. Die paar Euro reichen allerdings meist nicht sehr lange. Also wird irgendwann begonnen Geld zu stehlen. Zuerst in der eigenen Familie, mal hier und da ein Scheinchen aus Mamas oder Papas Brieftasche oder von den Geschwistern. Das geht natürlich nicht maßlos, ohne schnell bemerkt zu werden. Deshalb beginnen die jungen Leute Sachen und Dinge, die ihnen gehören, zu verkaufen. Die verschwundene Playstation, das nicht mehr vorhandene, neue Handy oder ein paar verkaufte Klamotten aus dem Schrank fallen nicht so schnell auf. Beginnt diese Quelle ebenfalls zu versiegen, werden auch schon mal Dinge der anderen Familienmitglieder zu Geld gemacht. Etwas von Papas Werkzeug, von Mamas Schmuck, den sie ja nicht täglich trägt oder von Sachen, die häufig schon lange auf dem Dachboden stehen. Über verschiedene Internetportale ist der Verkauf gebrauchter Dinge heute ja sehr einfach abzuwickeln. Ist auch diese Möglichkeit der Geldbeschaffung aufgebraucht, wird es für Crystals Freunde etwas gefährlicher. Denn nun müssen sie sich außerhalb der Familie Kohle 'besorgen'. Okay, manche beklauen noch Oma und Opa, bevor sie sich auf total fremdes Eigentum stürzen." Beim letzten Satz zog sich wieder dieses schmutzige Grinsen über das Gesicht des Zeugen.

„Sie finden es also lustig, wenn Enkel ihre Großeltern bestehlen?", fauchte Oliver den Zeugen an. Dieser zuckte mit den Schultern und antwortete, scheinbar unberührt:

„Naja, wenn ich manchmal höre, mit welch haarsträubenden Geschichten und Lügen die alten Leute ausgenommen werden, kann ich über so viel Naivität nur den Kopf schütteln."

„Vielleicht liegt diese scheinbare Naivität darin begründet, dass sich die Großeltern einfach nicht vorstellen können, dass ihr Enkelkind mit einem Wesen wie Crystal befreundet ist?"

„Mag sein, ist mir eigentlich auch egal. Hauptsache die Kids haben die Kohle in den Händen, wenn sie zu meinen Verkäufern kommen."

„Wenn die erwähnten Quellen innerhalb der Familie erschöpft sind, werden ihre nicht selbst verkaufenden Kunden also richtig kriminell?"

„Ja, sie klauen dann außerhalb der Familie ... Naja, die hübschen, jungen Mädchen gehen oft noch einen anderen Weg zur Geldbeschaffung."

„Und welcher wäre dies?"

„Also bitte, Herr Ankläger, wir wollen uns doch nicht dümmer stellen, als wir sind! Aus den süßen, unschuldigen Freundinnen von Crystal werden dann süße, willige Hobbynutten. Erst vorsichtig, gezielt auswählend, wem sie sich gegen Geld hingeben. Doch je mehr Geld sie für Crystal brauchen und je mehr Crystal auch ihre makellose Jugend verblühen lasst, desto tiefer sinkt die Schwelle, für wen diese Mädchen ihre Beine spreizen."

Beim letzten Satz spielte wieder dieses Oliver anekelnde Grinsen um den Mund seines Gegenübers.

„Darf ich aus ihrem süffisanten Grinsen den Schluss ziehen, dass sie hin und wieder auch im Tausch gegen Crystal die Dienste solch junger Mädchen in Anspruch nehmen?"

Mister D lächelte Oliver an und sagte leise:

„Der Gentlement genießt und schweigt."

„Der Gentlement?", gab Oliver bitter lachend zurück. „Ich glaube nicht, dass sie je ein Gentlement waren oder werden können." Er spürte, dass seine Selbstbeherrschung ihn nicht mehr allzu lange davon würde abhalten können, diesem arroganten Dealer auf dem Zeugenstuhl an den Hals zu springen. Diesem Typen, der selbstzufrieden sein Geld zählte, ohne auch nur einen Gedanken daran zu verschwenden, welches menschliche Leid er mit Crystal über ganze Familien ergoss, wie viele junge Leben er zerstörte. Letztlich waren es doch diese geldgierigen, skrupellosen Typen, die es Crystal erst ermöglichten, so viele neue 'Freunde' zu gewinnen. Und die Strafen des Staates gegen diese Dealer waren, dies hatte Mister D korrekt festgestellt, vergleichsweise mild.

„Ich habe keine Fragen mehr an diesen Zeugen.", sagte Oliver etwas kraftlos zu Bernhard gewandt. Dieser schaute noch einmal kurz zu Crystal, die leicht den Kopf schüttelte.

„Nun Herr Zeuge, dann sind sie entlassen und können als Zuhörer im Saal Platz nehmen oder gehen."

„Ich würde es vorziehen zu gehen.", entgegnete Mister D.

„Es steht ihnen frei.", antwortete Bernhard, mit dem rechten Arm Richtung Tür weisend. Der Zeuge erhob sich, lächelte noch einmal Richtung Crystal und verschwand durch die große Holztür des Saales. Oliver hing noch einige Sekunden seinen Gedanken nach und Bernhard setzte gerade an, etwas sagen zu wollen, als ein lauter, gellender Schrei einer Frau sie zusammenschrecken ließ. Noch bevor einer der Beiden reagieren konnte, wiederholte sich dieser Schrei. Die Blicke fast aller Anwesenden richteten sich auf die große Holztür des Saales. Jene Tür, durch die gerade der Zeuge verschwunden war. Bernhard erhob sich von seinem Stuhl und rief mit zitternder Stimme:

„Oliver, sehen sie bitte nach, was hinter der Tür passiert ist! Alle anderen bleiben auf ihren Plätzen sitzen!"

Sofort bewegte sich Oliver mit schnellen Schritten Richtung Tür, öffnete sie und erstarrte angesichts des Bildes, welches sich ihm dahinter bot: Auf dem Boden lag der Zeuge Mister D. Seine linke Hand presste er gegen den Hals, in dem seitlich etwas zu stecken schien, was zwischen seinem Zeige- und Mittelfinger herausragte. Zwischen allen Finger quoll pulsierend Blut hervor. Auf dem Parkett hatte sich bereits eine große Lache davon gebildet. Am Fußende des auf dem Boden liegenden Mannes stand Olivers vorherige Zeugin, die während der Aussage des Mister D den Saal verlassen hatte. Ihre rechte Hand war blutig, in der linken hielt sie ein Foto. Mit einem flüchtigen Blick erkannte er darauf ihren Sohn, der durch Crystal gestorben war. Für ein paar Sekunden regte sich in Oliver das dunkle Verlangen, einfach hier stehen zu bleiben und dem Dealer am Boden beim Sterben zuzusehen. Doch er riss sich von dem Anblick los, machte einen Schritt zurück in den Saal und schrie:

„Ist unter den Zuhörern ein Arzt? Bernhard, rufen sie einen Krankenwagen und die Polizei, schnell!"

„Ich bin Arzt!", rief ein Mann aus den Reihen der Zuschauer, stand dabei auf und eilte Richtung Tür. Während sich der Arzt dem am Boden liegenden Mann zuwandte, kümmerte sich Oliver um seine ehemalige Zeugin. Sie stand noch immer starr und weinend am Fußende des Mister D. Er griff ihr unter ihren linken Arm, drehte sie langsam in die andere Richtung und führte sie zu ein paar Stühlen am Ende des Flures.

„Kommen sie, setzen sie sich erst einmal hier her."

Auf den Stuhl gesunken, hob die Frau ihren Blick, schaute Oliver an und sagte leise:

„Ich habe dem Dealer das Foto meines Sohnes gezeigt .... Wollte, dass er einmal das Gesicht eines Menschen sieht, den er gemeinsam mit Crystal getötet hat ... Aber dieses Schwein hat mich einfach nur ausgelacht."

Bernhard hatte festgelegt, dass die Verhandlung zwischen Oliver und Crystal nach diesem Vorfall für drei Tage unterbrochen wird. Nun hatten sich alle wieder versammelt. Die Stimmung schien sehr gedrückt und Bernhard begann leise, etwas unsicher zu sprechen:

„Nun, meine Damen und Herren, bevor wir unsere Verhandlung fortsetzen, möchte ich Ihnen einige Informationen geben …. Zunächst zu dem Vorfall an unserem letzten Verhandlungstag … Der von uns als Mister D bezeichnete Zeuge wurde beim Verlassen des Gebäudes von der vorherigen Zeugin nach einem Streit mit einer Nagelschere angegriffen. Diese wurde ihm in die linke Seite seines Halses gestoßen, wobei sie eine Schlagader zerriss. Mister D hatte in Folge dieser schweren Verletzung einen so großen Blutverlust, dass er noch vor dem Eintreffen des Rettungswagens seiner Verletzung erlag … Die vorherige Zeugin wurde von der Polizei verhaftet. Wie mit ihr weiter verfahren wird, kann ich ihnen im Moment noch nicht sagen."

Während Bernhard sprach, hing Oliver seinen Gedanken nach. Er machte sich riesige Vorwürfe, weil er die Begegnung zwischen seiner Zeugin und diesem Dealer nicht verhindert hatte. Ein wenig versuchte er sich mit der Hoffnung zu trösten, dass das Gesetz mit ihr nicht zu hart umgehen wird. Anlass dazu gab ihm der Moment ihrer Verhaftung. Zwei Polizisten stürmten Minuten nach der Tat in den Flur. Sie hielten ihre Waffen schussbereit in den Händen. Nur Sekunden später folgten noch zwei Kriminalbeamte in Zivil. Die beiden Uniformierten gingen zunächst mit der Frau recht rüde um. Nachdem einer der Kriminalbeamten den Mister D auf dem Boden liegen sah, wandte er sich an die uniformierten Kollegen und wies sie an, mit der Verhafteten respektvoller umzugehen.

„Schaffen sie die Frau zuerst ins Krankenhaus, ich denke, sie hat einen Schock erlitten." Als einer der Polizisten nach seinen Handschellen griff, schob er nach:

„Auf diese Maßnahme können wir bestimmt verzichten."

Oliver hatte das Empfinden, der Mann auf dem Boden war den Beamten nicht unbekannt und deren Mitleid mit dem Sterbenden hielt sich in Grenzen. Natürlich wird das Gesetz seine Zeugin für die Tat bestrafen müssen, aber unter dem Umstand, dass Mister D und seine Geschäfte den Behörden nicht unbekannt zu sein schienen, vielleicht nicht zu hart. Bernhards Stimme riss ihn aus seinen Gedanken.

„Natürlich mussten auch wir der Polizei einiges darüber erklären, was wir hier tun. Nach diesen Gesprächen erhielten wir die Auflage, zukünftig dafür zu sorgen, dass sich Zeugen auf dem Flur nicht alleine begegnen. Aus dem Grund haben wir diesen Mitarbeiter einer Sicherheitsfirma für die restliche Zeit unserer Verhandlung gebucht."

Bei seinem letzten Satz zeigte Bernhard Richtung Tür, wo ein großer, kräftiger Mann in schwarzer Uniform stand.

„Leisten sie also bitte seinen eventuell an sie gerichteten Anweisungen folge."

Bernhard überflog die Notizen vor sich kurz, bevor er sie zur Seite schob, aufblickte und fortfuhr:

„So, dies dürften alle wesentlichen Informationen zu dem mehr als bedauerlichen Vorfall gewesen sein. Oliver, Crystal, möchten sie noch etwas ergänzen?"

Die Angesprochenen schüttelten leicht mit den Köpfen. Selbst Crystal strahlte heute nicht so selbstsicher wie sonst.

„Nun, dann sollten wir die Verhandlung so fortsetzen, wie im Vorfeld zwischen mir, Oliver und Crystal abgestimmt. Denn, auch dies darf ich ihnen sagen, wir haben nach diesem Ereignis schon ernsthaft darüber diskutiert, ob wir unseren Dialog überhaupt weiter durchführen ... Schließlich hatte niemand von uns mit der Möglichkeit eines solch drastischen Vorfalls wie dem geschehenen gerechnet ... Für den wir uns, zumindest Oliver und ich, mit verantwortlich fühlen."

Bei seinem letzten Satz warf er kurz einen kritischen Blick zu Crystal. Diese reagierte sofort verärgert:

„Sie brauchen mich gar nicht so verächtlich anzusehen! Meine Aufgabe war und ist es nicht, hier für die Sicherheit der Zeugen zu sorgen! Sie können froh sein, dass ich noch weiter teilnehme, schließlich trifft mich der Verlust des Getöteten am meisten!"

Als Oliver für eine Sekunde den Ausdruck einer gewissen Schadenfreude auf seinem Gesicht zuließ, schien sich Crystal über ihre kurze Unbeherrschtheit zu ärgern. Mit dem gewohnten Lächeln und deutlich ruhiger schob sie Oliver fixierend nach:

„Keine Sorge, dieser Verlust wird meine Gewinnung neuer Freunde nur sehr kurz dämpfen."

Oliver spürte, wie Wut in ihm aufstieg. Doch bevor er etwas antworten konnte, ergriff Bernhard das Wort:

„Ich denke, es wäre das Beste, wir rufen die nächste Zeugin auf. Entsprechend unserer Abstimmung soll dies Frau Dr. Zenker sein."

Crystal winkte ab, lehnte sich in ihrem Stuhl zurück, während Oliver zustimmend nickte. Der Vorsitzende wandte sich an den Mitarbeiter des Sicherheitsdienstes und forderte ihn auf, die Zeugin in den Saal zu holen. Ein paar Minuten später hatte auf dem Stuhl neben dem Vorsitzenden eine Frau um die vierzig Platz genommen. Sie war nicht nur sehr elegant gekleidet und attraktiv, sondern strahlte auch ein gehöriges Maß an Selbstbewusstsein aus. Bernhard wandte sich an sie:

„Danke, dass sie heute hier erschienen sind. Teilen sie uns bitte zuerst einige Fakten zu ihrer Person mit."

„Mein Name ist Dr. Claudia Zenker. Ich arbeite seit vielen Jahren in der Suchttherapie. Aktuell bin ich in einer speziellen Abteilung einer Frauenklinik tätig."

Bernhard schaute zu Oliver und forderte ihn mit einer Handbewegung auf, die Befragung fortzusetzen. Dieser erhob sich, trat näher an den Tisch der Zeugin und begann langsam seine ersten Worte zu formulieren:

„Können sie uns etwas über ihre spezielle Abteilung erzählen?"

„Natürlich kann ich das, deshalb bin ich doch sicher heute hier.", erwiderte die Zeugin mit einem müden, aber freundlichen Lächeln.

„Unsere Abteilung wurde 2010 in Folge eines verstärkt auftauchenden Themas gegründet. In der Öffentlichkeit unter der Bezeichnung Crystal-Babys bekannt."

„Wie können Babys mit Crystal in Berührung kommen?", hakte Oliver nach.

„Nun, natürlich durch ihre Mütter."

„Das heißt, es gibt schwangere Frauen, die trotz des ungeborenen Lebens in ihnen weiter Crystal konsumieren?"

„Ja, leider ist dies so … Und die Zahl dieser Fälle steigt rasant an. 2011 hatten wir in unserer Abteilung elf Fälle der sogenannten Crystal-Babys, vier Jahre später sind es etwa sechzig Fälle im Jahr. Und dies nur im Einzugsbereich unserer Stadt."

„Woher kommt aus ihrer Sicht diese Steigerung?"

„Nun, zuerst einmal sicher aus der Steigerung der Zahl jener junger Menschen, die sich auf Crystal einlassen. Im Wesentlichen sind alle Mütter auf unserer Station ungewollt schwanger geworden. Die Gefahr dafür – wenn ich dies einmal so nennen darf – steigt unter dem Einfluss von Crystal extrem. Einmal, weil diese Droge die sexuelle Aktivität stark fördert und, wie auch in anderen Lebensbereichen, zu

Kontrollverlusten führt. Die regelmäßige Einnahme der Pille wird da im Nebel der Sucht mitunter ausgeblendet. Genau wie andere Maßnahmen der Verhütung. Hinzu kommt noch der Umstand, dass Crystal den regelmäßigen, monatlichen Zyklus der jungen Frauen stört und verändert. Tja, all dies zusammen genommen führt dann eben häufig zu ungewollten Schwangerschaften."

„Aber warum hören diese Frauen nicht auf, Crystal zu konsumieren, wenn sie die Schwangerschaft bemerken?"

Die Ärztin lächelte wieder etwas müde.

„Wissen sie, Crystal verändert Menschen sehr. Darüber haben sie hier doch sicher schon gesprochen? Viele der abhängigen Frauen bei uns haben im Kreissaal das erste Mal während ihrer Schwangerschaft Kontakt mit einem Arzt. Sofern sie aus gutbürgerlichen Familien kommen und mit ihren Eltern nicht total zerstritten sind, lügen sie alle an, berichten von Besuchen beim Frauenarzt, ohne je einen Termin wahrzunehmen."

„Aber selbst unter dem Einfluss von Crystal müssten diese jungen Frauen doch verstehen, in welche Gefahr sie ihr ungeborenes Kind bringen? Sich vor Missbildungen, Schädigungen des Hirns oder Frühgeburten fürchten?"

„Sehen sie, die meisten Mütter auf unserer Station ignorieren ihren Konsum von Crystal. Sie schwören bei allem was ihnen heilig ist, seit dem Bemerken der Schwangerschaft keinerlei Drogen mehr konsumiert zu haben. Wir machen dann einen umfangreichen Drogentest. Oft mit dem Ergebnis, dass nicht nur ungeachtet der Schwangerschaft weiter, sondern extrem weiter konsumiert wurde …. Und selbst angesichts dieses Testergebnisses streiten viele weiter ab, Crystal zugesprochen zu haben. Der Realitätsverlust unter diesem Zeug ist halt sehr, sehr groß."

„Wie bemerken sie dann überhaupt, ob eine Frau unter dem Einfluss von Crystal bei ihnen in der Klinik eingeliefert wird?"

„Nun, diese Frauen verhalten sich im Allgemeinen sehr auffällig. Sie sind höchst aggressiv, durch Crystal extrem schmerzempfindlich, lehnen oft jedoch jegliche Hilfe ab und führen sich in ihren Reaktionen total kindlich auf, weit entfernt vom normalen Verhalten erwachsener Menschen."

„Und wie geht es dann den Kindern, die von diesen Müttern geboren werden?", fragte Oliver.

„Bei diesen Kindern sind nach der Geburt sehr schnell Entzugserscheinungen feststellbar, die häufig sofort medikamentös behandelt werden müssen, damit sie zur Ruhe kommen. Denn wie sie ja wissen, ist Crystal eine aufputschende Droge. Diese Babys haben deshalb in der Regel nach der Geburt einen gestörten Tag-Nacht-Rhythmus. Sie sind sehr leicht erregbar, schreckhaft und dann wieder sehr schläfrig. Dazu kommt die Neigung zu Fehlbildungen an Herz und Nieren, ein erhöhtes Risiko für den plötzlichen Kindstod. Viele dieser Kinder sind auch zu klein, haben Koordinationsstörungen, lernen später laufen."

„Was geschieht mit den Crystal-Babys langfristig nach ihrer Geburt?"

„Ich kann ihnen dazu nur sagen, was wir an unserer Klinik zeitnah tun. Die Babys bleiben oft Wochen nach der Geburt noch bei uns. Auf Grund der anfangs erwähnten, sprunghaften Steigerung dieser Fälle führt dies zunehmend zu Kapazitätsproblemen. Und auch zu finanziellem Stress, denn die Krankenkassen bezahlen einen Klinikaufenthalt nur begrenzt. Wir haben deshalb begonnen, eine ambulante Nachbetreuungssprechstunde einzuführen. Leider bisher mit mäßigem Erfolg, denn die betroffenen Mütter nehmen kaum

Hilfe an, da sie nach der Entlassung aus der Klinik häufig sofort wieder Crystal konsumieren."

„Das heißt, diese Babys leben dann bei einer unberechenbaren, abhängigen Mutter?", fragte Oliver entsetzt nach.

„Ja, das ist leider so. Und, sofern vorhanden, meist auch bei einem drogenabhängigen Vater. Die Rückfallquote dieser Mütter liegt aus unseren Erfahrungen bei fünfundneunzig Prozent. Sofern wir feststellen, dass die Mutter weiter Crystal zuspricht, informieren wir die Sozialarbeiterin unserer Klinik. Diese setzt sich dann mit dem Jugendamt in Verbindung. Von dort erfolgt allerdings selten eine zeitnahe Reaktion, weil es wohl einfach zu viele von diesen Fällen gibt."

Bei dem letzten Satz konnte Oliver einen Anflug von Traurigkeit in den bisher strahlenden Augen der Ärztin erkennen. Etwas ratlos fragte er nach:

„Aber was wird dann aus diesen kleinen, unschuldigen Wesen?"

„Ich weiß es nicht.", antwortete Frau Dr. Zenker mit einem leichten Schulterzucken. „Werden die Kinder völlig vernachlässig und es bemerkt jemand, greift hoffentlich das Jugendamt rechtzeitig ein und die Babys landen in einem Heim oder in einer Pflegefamilie."

Die Zeugin machte eine kurze, nachdenkliche Pause. Dabei schien sich noch mehr ratlose Traurigkeit über ihr Gesicht zu legen. Dann fuhr sie leise fort:

„Abgesehen von diesen zeitnahen Problemen, wissen wir heute ja noch überhaupt nichts bezüglich der Langzeitfolgen. Darüber, wie diese Kinder sich in der Schule entwickeln, ob eventuell Verhaltensstörungen auftreten oder wie hoch das spätere, eigene Suchtpotential ist. Dies werden erst Langzeitstudien zeigen müssen."

Nach einer kurzen Pause schob die Ärztin nach:

„Und ich fürchte, die Ergebnisse dieser Studien werden schrecklich ausfallen."

„Was meinen sie mit schrecklich?"

„Naja, vielleicht sage ich lieber erschreckend, denn die betroffenen Kinder können ja nichts dafür, dass sie Crystal-Babys waren. Es ist zu vermuten, viele von ihnen werden lebenslang die Hilfe unserer Gesellschaft brauchen ... Weil sie schwerer lernen, später im Beruf schwerer zu integrieren sind oder auch in relativ jungen Jahren – wegen der Vorschädigung von Nieren, Leber und Herz - bereits deutlich mehr medizinische Behandlung benötigen als ihre Altersgenossen. Wahrscheinlich werden viele von ihnen sogar langfristige, psychologische Betreuung brauchen. Ganz zu schweigen vom eigenen Suchtpotential. All dies wird sehr, sehr viel Geld kosten, welches wir alle werden zahlen müssen."

„Ist es nicht ungerecht, diesen unschuldigen Kindern eventuelle, spätere Kosten vorzuwerfen?", hakte Oliver ein.

Die Ärztin hob abwehrend kurz die Arme.

„Nein, nein, ich werfe diesen Kindern nichts vor! Um Gottes Willen, nein! Wenn ich jemandem etwas vorwerfe, dann uns selbst! Wir haben viele Jahre die Ausbreitung von Crystal ignoriert oder als regionales Problem schön geredet. Trotz der rasant steigenden Zahlen der Crystal-Konsumenten wurden die Mittel zur Aufklärung und Prävention lange Zeit zurück gefahren. Und Familien, die noch nie von dieser Problematik betroffen gewesen sind, sehen mich als Ärztin einer asozialen Randgruppe. Diese Ignoranz bereitet dieser Crystal die beste Landebahn in vielen Familien!" Beim letzten Satz warf Frau Dr. Zenker einen kurzen, hasserfüllten Blick in Richtung der Angeklagten, die scheinbar gelangweilt mit einem Stift spielte. Nach einer kurzen Pause fuhr sie fort:

„Leider ist Prävention weder in der Suchtthematik noch in unserer sonstigen Medizin ein favorisiertes Thema. Dabei wäre es um so vieles preiswerter als die Behandlung des Schadens. Wissen sie, was nur die übliche, stationäre Therapie von einem Patienten kostet, der von Crystal abhängig geworden ist?"

Oliver nickte kurz und antwortete:

„Ja, ich weiß das, aber sind sie so freundlich und sagen für unsere Gäste im Saal und den Vorsitzenden ein paar Worte dazu." Sich in Richtung seiner Angeklagten drehend schob er zynisch nach: „Und vielleicht interessiert es ja auch Crystal?"

Diese winkte mit den Schultern zuckend ab. Was im Gesicht der Ärztin wieder einen Anflug von Zorn erzeugte. Sie atmete einmal tief ein und aus und fuhr fort:

„Wir reden dabei ausschließlich über die Kosten der stationären Behandlungen, die im Vorfeld immensen, ambulanten Maßnahmen sind kaum statistisch pro Patient zu beziffern. Sollte ein von Crystal Abhängiger irgendwann einmal an den Punkt kommen, in eine stationäre Therapie zu gehen …"

Oliver unterbrach die Zeugin:

„Entschuldigen sie meine Unterbrechung, doch ich möchte gleich an dieser Stelle eine Frage einwerfen: Was bewegt einen Crystal-Konsumenten, in eine stationäre Therapie zu gehen? Zwangsweise kann er ja in keine Klinik eingeliefert werden?"

„Nein, mit Zwang geht gar nichts.", antwortete Frau Dr. Zenker mit einem müden Lächeln. „Um überhaupt eine Chance auf eine erfolgreiche Therapie zu haben, muss der Abhängige sie natürlich selbst ernsthaft wollen …. Tja, was bewegt Crystal-Konsumenten zu diesem Schritt …. Da gibt es sicher die verschiedensten Gründe … Einige von ihnen sind durch ihre Sucht so tief abgestürzt, dass sie ohne Wohnung, ohne Geld, ohne Arbeit sich nun selbst auch ganz unten fühlen. Dies dann häufig noch gepaart mit dem Gefühl, dass der eigene Körper am Ende ist ... Über die körperlichen und psychologischen Auswirkungen von Crystal hat ja, glaube ich, bereits ein anderer Kollege hier ausgesagt?"

Oliver nickte: „Ja, zu den medizinischen, sprich körperlichen Wirkungen haben wir schon Einiges gehört. Zu dem psychologischen Komplex wird noch ein Zeuge aufgerufen."

„Nun, dann will ich mir zu umfangreiche Ausführungen dazu sparen. Kurz gesagt: Dieses Klientel hat einfach das Gefühl, am Ende zu sein und die totale Katastrophe, heißt den Tod, nur noch mit einer Therapie verhindern zu können. Andere werden mitunter durch ein Ereignis von außen motiviert. Den Tod eines geliebten Menschen oder die plötzliche, unerwartete Verantwortung für jemanden. Ich kenne durchaus einige Fälle – die leider, wie erwähnt, nicht die Regel sind – wo die Schwangerschaft oder ebenso die Vaterschaft zu hoch motivierenden Therapieauslösern wurden. Manche junge Menschen, die noch nicht zu lange Crystal erlegen sind, gehen auch wegen des Druckes der Familie zur Therapie. Weil sie sonst befürchten, von ihrem Elternhaus fallen gelassen zu werden ... Naja, und nicht verschweigen sollten wir die durchaus ernsthafte Zahl jener stationärer Patienten, die nicht so ganz freiwillig eine Therapie antreten."

„Was bedeutet 'nicht ganz freiwillig'?", fragte Oliver.

„Nun, wie sie sicher hier auch schon festgestellt haben, ist der Kontakt mit Crystal nicht preiswert, um es einmal vorsichtig zu formulieren. Deshalb werden viele ihrer 'Freunde' früher oder später straffällig. Und unter gewissen Umständen räumt unser Strafrecht die Möglichkeit ein, statt einer Haftstrafe eine Therapie anzutreten. Die betreffenden Patienten heißen umgangssprachlich 'Fünfunddreißiger', abgeleitet aus dem entsprechenden Paragraphen des Betäubungsmittelgesetzes ....

Über den Sinn und die Erfolgsquote einer solchen 'Anstatt-Therapie' gehen die Meinungen sehr auseinander."

„Nun, danke für ihre Ausführungen dazu. Allerdings war ich ihnen bei den Erläuterungen zu den Therapiekosten ins Wort gefallen."

„Ja, also zurück zu den Kosten." Die Zeugin schien kurz ihre Gedanken zu ordnen, bevor sie mit ihrer Aussage dort ansetzte, wo Oliver sie unterbrochen hatte.

„Der normale, stationäre Aufenthalt teilt sich in Entgiftung und Langzeittherapie. Erstere ist sozusagen vorgeschaltet, um den Abhängigen von seinem Drogenlevel erst einmal herunter zu holen, ihn frei zu machen vom Dauereinfluss der Droge und damit überhaupt die Möglichkeit einer sinnvollen Folgetherapie zu eröffnen. Vielleicht können sich die meisten hier dies einfacher am Beispiel des Alkoholes vorstellen: Es ist sehr schwer, mit einem total Betrunkenen sinnvolle Gespräche zu führen. Dafür muss er erst einmal nüchtern werden .... So eine Entgiftung dauert in der Regel vier Wochen. Natürlich werden in dieser Zeit auch weitere Untersuchungen durchgeführt. Bezüglich des körperlichen Allgemeinzustandes, eventuell medizinisch notwendiger Maßnahmen infolge bereits vorhandener Schädigungen von Organen, Tests zu motorischen und psychologischen Fähigkeiten oder Einschränkungen, eine Analyse der konsumierten Drogen."

„Verzeihen sie, wenn ich wieder mit einer Zwischenfrage unterbreche: Warum eine Analyse der konsumierten Drogen? Ist im Vorfeld nicht bekannt, welche Substanz der Patient konsumiert?"

Frau Dr. Zenker lehnte sich leicht im Stuhl zurück, nickte kurz und antwortete geduldig:

„Nun, erstens kann und darf man sich dabei nicht auf die Aussagen der Abhängigen verlassen. Drogen und Lügen gehören aus verschiedenen Gründen zusammen. Leider konsumieren 'lange Freunde' von Crystal nicht nur sie, sondern dazu noch andere Substanzen. Wie sie ja aus dieser Verhandlung wissen, wirkt Crystal unter anderem vor allem aufputschend. Ihre 'Freunde' schlafen oft einige Nächte nicht. Irgendwann braucht aber jeder Körper einmal Ruhe und Schlaf, um nicht zusammenzubrechen. Dies spürt auch der Abhängige. Er will schlafen, kann allerdings keine Ruhe finden. Also beginnt er mit anderen Substanzen gegenzusteuern, um den Schlaf und die Ruhe zu finden. Zum Beispiel mit Kiffen oder Schlaftabletten. Ein Kreislauf, der sich meist gefährlich hochschaukelt. Wenn man mit beruhigenden Mitteln gegensteuert, braucht man zum späteren Aufputschen natürlich wieder mehr von Crystal. Mehr von Crystal bedeutet dann mehr Beruhigungsmittel zum Herunterkommen. Die Spirale dreht sich somit immer schneller … Wir nennen dies multiple Abhängigkeit …. Naja, aber ich glaube, darüber haben sie ja hier ebenfalls schon gesprochen, deshalb will ich dazu keine zu umfangreichen Anmerkungen machen. Okay, zurück zu der ursprünglichen Frage bezüglich der Therapiekosten und –arten. Erwähnen möchte ich noch, dass oft auch in der Zeit dieser Entgiftung bereits erste psychologische Therapiegespräche stattfinden, die aufgrund der Kürze des Aufenthaltes natürlich nicht zu tief gehen können. Der Vollständigkeit halber sei noch anmerkt, dass in der Zeit der Entgiftung die meisten Kliniken nur den Kontakt mit einer am Anfang zu benennenden Person zulassen, andere Besuche sind verboten … Tja, wird die Entgiftung geschafft und der Patient hat einen der begehrten Langzeittherapieplätze erhalten …"

„Sorry, Frau Dr. Zenker, ich muss schon wieder eine Zwischenfrage stellen: Ist es denn nicht automatisch so, dass ein erfolgreich entgifteter Patient immer in eine Langzeittherapie geht?"

Olivers Zeugin lächelte erneut etwas müde.

„Das wäre sicher sehr zweckmäßig, aber diesen Automatismus gibt es nicht. Erst einmal auch deshalb nicht, weil natürlich auch der entgiftete Abhängige in solch eine Therapie wollen muss."

„Aber …. Will das denn nicht jeder? Warum geht man sonst in eine stationäre Entgiftung?", hakte Oliver nach.

„Nein, dies will tatsächlich nicht jeder … Die Gründe für das 'Nichtwollen' sind wieder sehr verschieden. Lassen sie mich auf zwei wesentliche kurz eingehen: Einer ist Selbstüberschätzung, heißt, der entgiftete Patient glaubt, seine Sucht nun auch ohne eine anschließende Therapie im Griff zu haben und drogenfrei leben zu können."

„Wie hoch ist aus ihrer Erfahrung die Chance dazu?"

„Nun, selbst mit anschließender Langzeittherapie liegt bei Crystal die Rückfallquote um die siebzig bis achtzig Prozent. Ohne Langzeit zieht Crystal jeden Entgifteten relativ schnell wieder an sich. Die Chance auf ein dauerhaft drogenfreies Leben nur mit einer Entgiftung ist praktisch gleich null."

„Und der zweite wesentliche Grund, keine Anschlusstherapie haben zu wollen, wie lautet dieser?"

„Tja, der ist, sagen wir mal, etwas heikler … Es gibt leider bei der Entgiftung auch Patienten, die diese vier Wochen nicht mit dem Ziel eines drogenfreien Lebens absolvieren. Diese Leute wollen einfach nur von ihrem hohen Konsumlevel, das ihnen viel Geld kostet, herunter geholt werden. Originalzitat eines solchen Falles: 'Nach einer Entgiftung brauche ich viel weniger von Crystal, um es wieder richtig knallen zu lassen.'"

Der Saal wurde von einem leisen Gemurmel erfüllt. Oliver zeigte mit einer Hand nach hinten, als er sich an seine Zeugin wandte:

„Sie können an der Reaktion unserer Zuhörer eine gewisse Verwunderung darüber erkennen, dass jemand einen stationären Aufenthalt bezahlt bekommt, obgleich er gar nicht ernsthaft von Crystal oder anderen Substanzen wegkommen will. Warum wird dies toleriert?"

Frau Dr. Zenker hob kurz ihre Hände vom Tisch, verzog leicht das Gesicht und antwortete mit einem Anflug von Ratlosigkeit in der Stimme:

„Ich verstehe diese Verwunderung. Schließlich bezahlen wir alle dieses Geld. Allerdings sind diese Art von Patienten nicht leicht identifizierbar, sie äußern sich meist selten so offen, wie der eben zitierte Fall. Zusätzlich streift diese Verwunderung ein sehr schwieriges Thema … Nämlich, nach welchen Kriterien die vorhandenen Therapieplätze vergeben werden sollen und, noch kontroverser diskutiert, wie viele Therapien stehen einem einzelnen Abhängigen zu."

„Gestatten sie mir zum letzten Teilsatz sofort ein Nachhaken: Ein Abhängiger hat also nicht nur einmal die Chance auf eine stationäre Therapie?"

„Nein, bis dato gibt es dafür kein Limit … Ich kenne einen Patienten, der bereits vierzehn Mal zur Entgiftung gewesen ist und vier Mal zur Langzeittherapie."

Wieder konnte man die Überraschung der Zuhörer kurz vernehmen. Bernhard hob drohend die rechte Hand und bedeutete dann Frau Dr. Zenker fortzufahren.

„Nun, wie bereits erwähnt, gibt es zu diesem Thema eines Limits sehr kontroverse Diskussionen und Standpunkte. Jeder dieser Standpunkte hat eine sachliche Basis. Gegner einer Limitierung werden ihnen Beispiele dafür zeigen, dass

Abhängige es nach einer fünften Langzeittherapie geschafft haben, drogenfrei zu leben. Sie werden ihnen vorrechnen, was es alternativ kostet, wenn wegen seiner Sucht ein junger Mensch den Rest seines Lebens nicht mehr arbeitet und ihnen aus humanistischer Sicht erläutern, dass eine Gesellschaft sich auch darüber definiert, wie sie mit ihren Schwachen und Kranken umgeht. Oder ihnen die Frage stellen, wie sie das Thema sehen würden, wenn es um ihr eigenes Kind ginge."

Die Zeugin, machte eine kurze Pause, atmete einmal tief ein und aus und fuhr dann langsam, nachdenklich fort:

„Ich habe zu dieser Frage auch nicht den Stein des Weisen parat ... Denn auch die Befürworter eines 'Therapielimits' bringen sachliche Argumente vor: Sie haben ja hier sicher ebenfalls schon über das Thema Co-Abhängigkeit gesprochen. Limit-Befürworter halten den Limit-Gegnern in diesem Zusammenhang vor, selbst Co-Abhängige zu sein. Aus Sicht der Befürworter eines zahlenmäßig begrenzten Therapieanspruches ist es für die Motivation eines Abhängigen nicht sehr hilfreich zu wissen, immer wiederkommen zu können. Sozusagen eine unbegrenzte Anzahl von Chancen zu haben ... Und natürlich geht es auch um Geld."

„Frau Dr. Zenker, bevor wir das Thema weiter erörtern, vielleicht nennen sie an dieser Stelle zunächst einmal konkrete Zahlen, damit alle Anwesenden eine Vorstellung davon haben, über welche Summen wir hier reden?"

„Das kann ich gerne tun ... Aktuell entstehen für den stationären Behandlungskomplex Entgiftung plus sechsmonatige Langzeittherapie im Durchschnitt etwa Kosten von fünfzigtausend Euro."

Dieses Mal wurde es im Saal so laut, dass Bernhard mit seinem Stift heftig auf den Tisch klopfte und energisch rief:

„Meine Damen und Herren, wenn unsere Verhandlung ihr Wissen zum Thema erweitert, auch mit überraschenden Aha-Effekten, freut mich das. Trotzdem erwarte ich Ruhe und Disziplin!"

Als das Stimmengewirr verebbte, bedeutete Bernhard der Zeugin mit einer Handbewegung, ihre Ausführungen fortzusetzen. Von der Reaktion im Saal scheinbar wenig beeindruckt, begann Frau Dr. Zenker wieder zu sprechen:

„Nun, ich kann die Reaktion der Zuhörer schon ein wenig verstehen. Immerhin heißt dies im Klartext, dass bei einem Abhängigen, der den Komplex Entgiftung-Langzeittherapie viermal ohne dauerhafte Drogenfreiheit durchläuft, etwa zweihunderttausend Euro Kosten zu Buche schlagen. Die, je nach individueller Situation des Patienten, von der Krankenkasse oder der Rentenversicherung getragen werden ... Ob wir uns dies – angesichts der Kassenlagen in beiden Institutionen – dauerhaft werden leisten können, wage ich zu bezweifeln. Zumal es bereits heute zu wenige Therapieplätze gibt. Womit wir bei einem zweiten, wesentlichen Punkt wären, warum nicht alle Patienten nach der Entgiftung in eine Langzeittherapie gehen. Selbst wenn sie dies wollen, bekommen nicht alle einen Therapieplatz ... Oder dieser kann erst ein, zwei Monate nach der Entgiftung angetreten werden. Es gibt einfach bereits heute zu wenige davon. Ohne die sich unmittelbar an die Entgiftung anschließende Langzeitbehandlung, sind die Kosten der Entgiftung meist herausgeworfenes Geld."

„Welche Maßnahmen erfolgen denn in diesen sechs Monaten?", fragte Oliver nach.

„Nun, diese sind sehr komplex. Teilweise gibt es generelle Behandlungsmaßnahmen und natürlich dann auch solche, die sehr individuell auf den einzelnen Patienten abgestimmt sind.

Auch stets unter Beachtung der Ausgangslage der jeweiligen Entgifteten 'Crystal-Freunde'. Es gibt Leute, die Crystal sehr lange und intensiv konsumiert haben und sich dadurch psychisch auf einem so tiefen Level befinden, dass sie erst einmal wieder lernen müssen, sich auf etwas für dreißig Minuten konzentrieren zu können. Natürlich geht es auch darum, dass sich die Patienten mit ihrer Sucht, den Gründen dafür und den Folgen auseinandersetzen. Dafür gibt es Gruppensitzungen und einzelpsychologische Betreuung. Es geht um das Wiedererlernen von strukturierten Tagesabläufen, gegebenenfalls auch darum, eigene Interessen herauszufinden, denn viele Therapieteilnehmer haben durch ihre Sucht keinen Berufsabschluss. Nicht selten ist auch eine anfängliche, medikamentöse Behandlung auftretender, schwerer Depressionen unumgänglich."

„Warum treten bei der Behandlung Depressionen auf?"

„Nun, ich will hier nicht zu tief in den medizinischen Bereich eindringen. Lassen sie mich den Sachverhalt an einem Beispiel erklären: Wissenschaftler bezeichnen den Orgasmus beim Menschen als höchste Form der positiven, emotionalen Erregung. Konsumenten von Crystal berichten davon, dass sie ihnen solche Momente hundertfach verstärkt beschert."

„Na bitte, die hundertfache Dosis des Orgasmusgefühles! Was ist daran Schlechtes?", platzte Crystal dazwischen. Frau Dr. Zenker fixierte sie mit einem zornigen Blick und antwortete mit sehr fester, entschlossener Stimme:

„Nur nicht so ungeduldig, werte Crystal, zum Schlechten komme ich sofort. Obgleich ich davon, würden sie mir aufmerksam zuhören, schon reichlich berichtet habe ... Nun, sprechen Abhängige Crystal lange genug zu, verlernt ihr Körper es, selbst Botenstoffe für Glücksgefühle zu produzieren. Bei einigen Patienten ist diese verloren gegangene Fähigkeit auch leider nie wieder reaktivierbar. Ohne Crystals Präsenz fallen die Abhängigen also zunächst in sehr, sehr tiefe, schwarze Löcher. Beraubt der Fähigkeit, Schönes zu erkennen, sich zu freuen, zu lachen, Wärme in sich zu spüren ... Nur tiefe, schwarze, scheinbar unendliche Dunkelheit legt sich über sie ... Um eine sofortige Aufgabe der Therapie zu verhindern, muss diesem Gefühl auch mit Medikamenten entgegen gewirkt werden. Natürlich wird ebenso der Umgang mit alltäglichen Dingen trainiert. Es gibt verschiedene Arbeitsgruppen. So zum Beispiel zu den Themen Kommunikation, Selbsterkenntnis, Antiaggressionstraining. Und, besonders wichtig: Zum Handling von Stress. Wir wissen alle, dass im Alltag verschiedenster Stress auf uns einwirkt ... arbeitsseitig, aus zwischenmenschlichen Beziehungen oder wodurch auch immer. Jeder von uns hat sich im Laufe seines Lebens Strategien angeeignet, mit diesem Stress umzugehen. Junge Menschen, die vielleicht schon mit dreizehn, vierzehn Jahren Kontakt zu Crystal hatten, haben nur eine Strategie zur Stressbewältigung gelernt: Eine ordentliche Dosis ihrer 'Freundin' in die Nase zu ziehen, um den Stress für ein paar Stunden oder Tage zu vergessen. Deshalb müssen sie es unbedingt lernen, damit anders umzugehen, sonst ist die Wahrscheinlichkeit eines Rückfalles noch viel, viel größer ... Wir dürfen nicht vergessen, welche – selbst für niemals Drogen-abhängige – riesige Herausforderungen auf diese Patienten nach der Therapie im 'normalen Leben' warten. Sie haben oft durch die 'Freundschaft' mit Crystal keinen Schul- oder Berufsabschluss. Damit stehen ihnen die Türen unserer Arbeitswelt nicht gerade weit offen. Sie müssen lernen, nachholen, mitunter härter für wenig Geld arbeiten, als wir 'Normalen'. Okay, okay, sie sind natürlich zu einem hohen Grade selbst daran schuld. Trotzdem müssen wir versuchen, sie auf die nicht leichten Herausforderungen nach der Therapie vorzubereiten, eben auch mit einem anderen Management von gefühltem Stress ... Sie dürfen nicht vergessen, dass zu diesem schulischen und arbeitstechnischen Druck auch noch der Verlust fast sämtlicher, sozialer Kontakte kommt. Zumindest sollte ein Patient nach der Therapie nicht in seinen alten Bekanntenkreis zurückkehren. Dieser besteht in der Regel nur aus Konsumenten von Crystal oder anderen Drogen. Deshalb heißt die Aufgabe, sich einen neuen Freundeskreis aufzubauen ... Können sie sich vorstellen, alle ihre bisherigen sozialen Kontakte, vielleicht auch ihre Beziehung zu Frau oder Mann, kurzfristig konsequent zu streichen und zu meiden? Hätten wir nicht alle angesichts dieser Aufgabe Angst vor Einsamkeit? Natürlich kann und muss man sich für ein dauerhaft drogenfreies Leben auch einen neuen Freundeskreis aufbauen, kann man eine neue Partnerschaft finden und leben ... Aber dies ist nicht in zwei, drei Wochen passiert ... So etwas dauert Jahre ... und diese Jahre muss der Patient nach der Entlassung aus der Klinik durchhalten. Glauben sie mir, dies ist keine leichte Aufgabe. Auch mit der Vorbereitung und dem Training einer Langzeittherapie .... Aus meiner persönlichen Erfahrung wäre es für ein dauerhaft drogenfreies Leben nach der Therapie ohnehin sehr hilfreich, dem ehemals Abhängigen, der wirklich nie wieder in Crystals Arme fallen will, weitere, begleitende Maßnahmen anzubieten ... Positive Beispiele gibt es ja dafür ... Nennen möchte ich in diesem Zusammenhang betreute Wohngemeinschaften, die ehemalige Patienten nach der Therapie bei den ersten Schritten in ein 'normales Leben' weiter betreuen. Allerdings gibt es von diesen Angeboten viel zu wenige. Ich habe schon immer den Gedanken an eine Art von Kommunen 'Ehemaliger' favorisiert, in denen der schrittweise Start in ein neues, drogenfreies Leben organisiert und begleitet wird. Natürlich nicht als 'Urlaubsort', sondern mit Ausbildung und eigener Arbeit. Allerdings eben von qualifizierten Therapeuten und Sozialarbeitern noch ein Stück des Weges flankiert. Selbst wenn solche Folgemaßnahmen sich nicht völlig selbst tragen und finanzieren, würden sie die Rückfallquoten, da bin ich mir mit vielen Kollegen einig, erheblich senken, womit die Gelder für Entgiftung und Therapie im Vorfeld letztlich ebenfalls deutlich effizienter eingesetzt wären."

Frau Dr. Zenker machte eine kurze Pause, schien nachzudenken, ob sie das Folgende noch sagen will oder nicht.

"Im Übrigen möchte ich anmerken, dass Verantwortliche, die über die Kosten dieser Behandlungen entsetzt sind, sich an das erinnern sollten, was ich zu Beginn meiner Ausführungen bereits erwähnte: Nämlich, wie bedauerlich und unklug es ist, seitens der Politik und Kommunen die Mittel für Präventionsarbeit nicht deutlich aufzustocken, sondern, trotz schnell steigender Zahlen von Crystal-Konsumenten, diese Mittel oft sogar zu kürzen. Es gibt Studien, die zu dem Ergebnis kommen, dass ein Euro, der für Präventionsarbeit investiert wurde, mindestens bis zum Zwanzigfachen an Therapiekosten einsparen kann."

"Werden denn die Mittel für aufklärende Prävention tatsächlich so stark gekürzt?", fragte Bernhard erstaunt.

Frau Dr. Zenker drehte sich in seine Richtung und antwortete in einem sehr ernsten Ton:

"Herr Vorsitzender, ich will hier zu diesen Zahlen nicht zu viel ausführen, wer dazu Näheres erfahren möchte, kann ja einmal einen Blick in die Haushaltsplanungen seines Landkreises oder des Bundes werfen. Selbst wenn nicht gekürzt wird, sondern die Mittel konstant gehalten werden, reicht dies nicht aus. Die Anzahl der 'Freunde' von Crystal stagniert auf keinen Fall! Sie steigt dramatisch an! Es ist keineswegs übertrieben zu sagen, dass sich Crystal wie ein riesiges Geschwür in unsere Gesellschaft frisst .... Wohlgemerkt, in alle Schichten unserer Gesellschaft! Und allein dieser Tatsache wäre es doch geschuldet, die Mittel zur Prävention im Kampf gegen Crystal zu erhöhen! Aber die Entscheidungsträger dafür lehnen oft nicht nur eine Erhöhung oder wenigstens ein stabiles Halten dieser Mittel ab, sondern senken diese sogar! Während all jene, die täglich mit viel Engagement, teilweise sogar ehrenamtlich bis zur Selbstaufopferung gegen Crystal und ihre Folgen kämpfen, sich mitunter auf verlorenem Posten gegen eine scheinbar undämmbare Flut fühlen, besteht der 'Ideenreichtum' anderer am grünen Tisch nur darin, Mittel zu streichen oder einzufrieren. Aus meinem Gefühl oft ohne jede Sachkenntnis und ohne den Hauch einer Vorstellung davon, was dies an Folgekosten auslöst ... Vor einiger Zeit hat sich eine namhafte Politikerin unseres Landes gegen eine umfangreiche Aufklärungskampagne bezüglich der schlimmen Wirkungen dieser Crystal ausgesprochen." Bei ihren letzten Worten deutete die Zeugin verächtlich in Richtung der Angeklagten. „Die Begründung dafür lautete, dass Crystal ein regionales Problem der an Czechien angrenzenden Bundesländer wäre. Und man wolle mit so einer Aufklärungskampagne nicht unnötiger Weise auf diese Droge in anderen Bundesländern aufmerksam machen ... Wenn jemand, der mit diesem Thema und dessen Folgen täglich konfrontiert ist so eine Aussage von verantwortlicher Stelle hört, kann er nur sehr, sehr wütend oder traurig werden. Sicher hat Crystal ihre 'Karriere' der Neuzeit in Sachsen und dem Nordosten Bayerns gestartet, aber dies ist lange her! Heute reißt sie mit ihrer unerbittlich kalten Hand bundesweit junge Menschen an sich, um sie – nach anfänglich schönen Momenten – gnadenlos zu vernichten!"

Mit einem Anflug von Resignation im Gesicht, lehnte sich Frau Dr. Zenker in ihrem Stuhl zurück. Bernhard schaute die Ärztin an, während diese ihm mit einer Geste bedeutete, ihrerseits alles Notwendige gesagt zu haben. Oliver erhob sich:

„Sehr geehrte Frau Dr. Zenker, ich bedanke mich für ihre Aussage." Und nach einer kurzen Pause schob er nach: „Vor allem bedanke ich mich jedoch für ihre tägliche Arbeit."

Die Zeugin lächelte kurz. Bernhard wandte sich nun an Crystal:

„Möchten sie der Zeugin noch Fragen stellen?"

„Nein. Diese Frau Doktor scheint mir so negativ programmiert, dass es wohl kaum die Chance zu einem sachlichen Dialog mit mir gibt …"

Noch bevor Bernhard etwas sagen konnte, sprang Olivers Zeugin so heftig von ihrem Stuhl, dass dieser nach hinten umkippte. Mit vor Wut sprühenden Augen und rotem Gesicht schrie sie Crystal an:

„Ich bin sie betreffend negativ programmiert? Da haben sie verdammt recht! Denn ich bin Tag für Tag damit beschäftigt, das Elend und Leid zu sehen und zu lindern, welches sie verursachen! Und wenn es möglich wäre, sie für immer auszulöschen, indem ich auch ihnen eine Nagelschere in den Hals stoße, dann würde ich das jetzt und hier tun!"

Crystal hatte wohl so eine heftige Reaktion der Zeugin auf ihre provozierende Anmerkung nicht erwartet, denn sie verlor vor Schreck jede Farbe im Gesicht und ihr sonst ständig präsentes Lächeln war verschwunden. Bernhard war ebenfalls aufgestanden, fasste mit seiner linken Hand den ihm zugewandten Arm der Ärztin und legte seine Rechte auf deren Schulter. Mit leiser Stimme sagte er:

„Bitte, beruhigen sie sich wieder. Wir wollen hier im Saal die Emotionen nicht zu hoch kochen lassen."

Seinen Blick dann in Crystals Richtung drehend, fügte er hinzu:

„Und sie stellen entweder sachliche Fragen oder halten den Mund! Haben sie mich verstanden?"
Crystal schien noch immer etwas verunsichert und nickte widerspruchslos.
„Möchten sie hier im Saal bleiben oder lieber gehen?", wandte er sich dann an die Zeugin.
„Ich will lieber gehen.", antwortete diese leise.
Bernhard winkte dem Sicherheitsmann an der Tür.
„Begleiten sie Frau Dr. Zenker bitte hinaus."

Der Vorsitzende wandte sich an Crystal:
„Nun, wenn wir dem bisherigen Ablauf folgen, dürfen sie den nächsten Zeugen aufrufen."
Die Angesprochene lehnte sich im Stuhl zurück, setzte ein gelangweiltes Lächeln auf und antwortete mit zynischem Unterton:
„Wissen sie, ich könnte hier noch hunderttausende meiner Freunde als Zeugen aufrufen ... Aber ehrlich gesagt, habe ich dazu keine Lust mehr. Denn egal, was sie auch Positives über mich und meine Wirkungen berichten, mein 'liebreizender' Ankläger wird es immer wieder versuchen in den Dreck zu ziehen."
Bernhard zuckte etwas ratlos mit den Schultern, schaute zu Oliver und fragte diesen:
„Nun, wollen sie noch jemanden aufrufen?"
„Ja, Herr Vorsitzender, einen Zeugen würde ich gerne noch befragen."
„Okay, dann bitten sie ihn herein."
Oliver gab dem Sicherheitsmann am Eingang ein Zeichen. Dieser öffnete die Tür, verschwand kurz dahinter und kehrte

mit einem Mann zurück, den er zum Stuhl neben Bernhard geleitete. Der Vorsitzende bedeutete dem Eingetretenen mit einer Handbewegung, Platz zu nehmen.

„Bitte stellen sie sich kurz vor, bevor Oliver mit ihrer Befragung beginnt. Was wir hier tun und warum sie hier sind ist ihnen, nehme ich an, bekannt?"

Der Angesprochene nickte kurz, bevor er anfing zu sprechen:

„Mein Name ist Dr. Thalheim. Ich arbeite als Chefarzt in einer Therapieklinik für Suchtkranke mit dem Schwerpunkt Crystal. Das Schwerpunktfachgebiet meiner Arbeit ist die Psychiatrie."

Da der Zeuge nun schwieg, gab Bernhard mit einem Kopfnicken und Blick in Olivers Richtung diesem zu verstehen, er möge die Befragung fortsetzen. Oliver erhob sich, ging ein paar Schritte auf den Zeugen zu und stellte seine erste Frage:

„Herr Dr. Thalheim, zuerst einmal vielen Dank, dass sie sich die Zeit genommen haben und heute hier sind."

„Ich bin gerne gekommen. Schließlich kämpfe auch ich jeden Tag gegen diese Angeklagte." Bei den letzten Worten warf er kurz einen Blick in Crystal Richtung. Bevor diese eventuell etwas erwidern konnte, fuhr Oliver fort:

„Nun, ich möchte mit ihrer Hilfe versuchen, einige psychologische Aspekte der Langzeitwirkung von Crystal zu beleuchten." Mit einem Lächeln schob er nach: „Und wenn möglich so, dass wir Laien es verstehen."

Ebenfalls schmunzelnd antwortete der Zeuge:

„Ich werde mich bemühen, es so zu erläutern."

„Herr Dr. Thalheim, ist die Gefahr, Crystal zu verfallen aus psychologischer Sicht für alle Menschen gleich?"

„Nein. Das individuelle Suchtpotential der Menschen ist sehr verschieden. Es reicht von minimal bis extrem gefährdet."

„Das heißt, manche Abhängige können gar nichts für ihre 'Freundschaft' zu Crystal?"

Mit seiner rechten Hand und ausgestrecktem Zeigefinger energisch vor seinem Körper gestikulierend, antwortete der Zeuge mit strenger Stimme:

„Oooh nein! Bevor wir eventuell das Thema individuelle Suchtgefährdung näher beleuchten, will ich eine Sache klar betonen: Egal wie ausgeprägt das Suchtpotential eines Menschen ist, letztlich obliegt es allein seiner Entscheidung, von dieser Crystal zu 'kosten'. Zumindest bei den substanzabhängigen Süchten ist dieses 'erste Mal' klar an der Handlung des Konsumenten fest zu machen. Ich will damit sagen und betonen, dass ein hohes, individuelles Suchtpotential nicht als Universalentschuldigung für alles Handeln gelten kann."

„Sie sprachen gerade von substanzabhängigen Süchten. Gibt es noch andere?"

„Ja, die sogenannten verhaltensbezogenen Süchte, die nichts mit der Einnahme von Substanzen zu tun haben. Als Beispiele seien hier Spiel- oder Internetsucht genannt."

Oliver dachte kurz nach, bevor er fragte:

„Herr Dr. Thalheim, da die meisten der hier Anwesenden Laien sind, wäre es vielleicht sinnvoll, überhaupt einmal zu definieren, was die Psychologie unter Sucht versteht?"

„Nun, das ist einfach formuliert das unabweisbare Verlangen nach einem bestimmten Gefühls-, Erlebnis- und Bewusstseinszustand. Ein Mensch wird, um bei unserem konkreten Thema zu bleiben, nicht von der Substanz Crystal physisch abhängig, sondern von den Gefühls-, Erlebnis- und Bewusstseinszuständen, die durch sie hervorgerufen werden ... Natürlich entsteht eine Sucht nicht von heute auf morgen. Es gibt immer ein erstes Mal, dann eine Phase der Gewöhnung und schließlich die Abhängigkeit. Ein Kollege hat diesen Prozess einmal sehr anschaulich am Beispiel eines Zuges erklärt: Auf der Bahnstrecke gibt es einen Tunnel, davor eine Weiche. Irgendwann entscheidet sich der Lokführer aus Neugier, in den Tunnel zu fahren, sprich das erste Mal zu einem Suchtmittel zu greifen. In dem Tunnel verspürt er Erleichterung, Geborgenheit, ein angenehmes Gefühl. Wieder auf den Gleisen außerhalb eher Unsicherheit und Stress. Im Hinterkopf behält er die angenehme Erinnerung an die Fahrt durch den Tunnel. Also fährt er früher oder später wieder hinein. Mit der Zeit wächst die Weiche, die am Tunnel vorbei führt, allmählich zu, wird vom Lokführer gar nicht mehr wahrgenommen, sodass es für ihn praktisch keine alternativen Gleise mehr gibt ... Sinnbildlich ist damit die Abhängigkeit manifestiert. "

Dr. Thalheim machte eine Pause und schien nachzudenken. Doch bevor Oliver etwas sagen konnte, fuhr er fort:

„Ich will an dieser Stelle noch unbedingt etwas zu dem ergänzen, was ich eingangs zum Thema Sucht formulierte. Wie erläutert, ist ihre Entstehung ein Prozess ... Allerdings ist Crystal in dieser Hinsicht eine extrem gefährliche Droge, weil sie sich schon beim ersten Mal derart ins Suchtgedächtnis eines Menschen einbrennen kann, dass – um bei unserem bildhaften Gleichnis zu bleiben – die Tunnelfahrten in sehr kurzer Zeit mit hoher Intensität erfolgen und der Weg zur Abhängigkeit kein sehr langer ist."

Da sein Zeuge erneut eine Pause machte, ergriff Oliver das Wort:

„Wir wollen uns bei ihrer Befragung ja primär auf die möglichen, psychischen Langzeitfolgen von Crystal konzentrieren. Trotzdem gestatten sie mir zuvor noch einmal eine Nachfrage zur individuellen Suchtgefahr. Was lässt sich dazu kurz zusammenfassen?"

Olivers Zeuge lächelte freundlich, bevor er langsam, überlegt zu sprechen begann:

„Tja ... ich verstehe, dass wir nicht so viel Zeit haben ... aber mit dem Kurzfassen ist das im Bereich der menschlichen Psyche so eine Sache ... Okay, ich versuche es einmal mit wenigen Sätzen, obgleich wir dabei von unserem Thema Langzeitfolgen gar nicht so weit abweichen. Wenn wir verstehen, dass es nicht den typischen Abhängigen gibt, verstehen wir vielleicht auch besser, warum es schon gewisse, bei allen ′Crystal-Freunden′ gleich geartete Langzeitfolgen in der Psyche gibt, deren Intensität bezüglich der Ausprägungen im Einzelfall allerdings extrem voneinander abweichen können."

Dr. Thalheim hob kurz schmunzelnd seine Hände:

„Um nicht zu theoretisch zu werden: Es trifft nicht zu, dass nur labile, willensschwache Menschen drogenabhängig werden. Es gibt unter den Abhängigen ebenso viele unterschiedliche Typen wie unter Nichtabhängigen. Vielleicht beleuchten wir die individuelle Suchtgefahr der Einfachheit halber anhand von vier wesentlichen Faktoren ... Natürlich spielt die Persönlichkeit eines Menschen eine Rolle. Dabei seien sein Selbstwertgefühl, seine Konfliktfähigkeit, seine Beziehungsfähigkeit und seine Frustrationstoleranz neben einer Vielzahl weiterer Faktoren besonders erwähnt. Auch können bereits vor einer Abhängigkeit vorhandene, psychische Erkrankungen eine Rolle spielen. Zu diesem letzten Punkt können wir passender Weise später noch einmal zurückkehren. Ein zweiter Faktor ist die Droge selbst, ihre Verfügbarkeit, ihre Wirkung, ihre Verträglichkeit für den Abhängigen und die konsumierte Dosis. Den dritten Faktorenkomplex möchte ich unter dem Begriff Gesellschaft zusammenfassen. Soll bedeuten, wie akzeptiert ist eine Droge innerhalb bestimmter, sozialer

Gruppen. Nehmen sie das Beispiel des Rauchens. Wenn sie Filme aus den siebziger und achtziger Jahren sehen, stellen sie fest, dass es als völlig normal akzeptiert war, bei Besprechungen, in Büros, in Zügen, in Flugzeugen oder Gaststätten zu rauchen. Heute unvorstellbar! Deshalb stellt sich ebenso bei Drogen die Frage, wie gewünscht sind ihre zunächst positiven, oft leistungssteigernden Wirkungen? Vor einigen Wochen wurden die Ergebnisse einer Untersuchung in Australien veröffentlicht. Darin können wir lesen, dass knapp zehn Prozent aller Arbeiter auf Baustellen mit Crystal unterwegs sind. Und lange Zeit haben die meisten Verantwortlichen weggeschaut, haben diesen Konsum toleriert, weil die vermeintlichen Hauptwirkungen dieser Droge scheinbar nur positiv gewesen sind. Die konsumierenden Arbeiter leisteten mehr und hielten länger durch. Erst nach einigen schweren Arbeitsunfällen änderte sich der Blick auf Crystal .... Natürlich spielen bei der individuellen Suchtgefahr nicht selten auch Konflikte im Zusammenleben eine Rolle. Mitunter gibt es drastische Veränderungen in den Lebensumständen. Ganz wichtig scheint mir jedoch, in welchem Umfeld bewegt sich ein junger Mensch ... Trotz vieler Ursachen für eine Abhängigkeit von Crystal resultiert das 'erste Mal' überwiegend aus Neugier und der Nachahmung sogenannter Modellpersonen, umgangssprachlich würden wir von Vorbildpersonen sprechen. Es ist für Eltern also nicht ganz unwichtig, ein waches Auge darauf zu haben, in welchen Freundeskreisen sich das eigene Kind bewegt."
Dr. Thalheim machte eine kurze Pause und wirkte nachdenklich. Deshalb fragte Oliver:
„Worüber denken sie nach?"
„Nun, ehrlich gesagt darüber, ob ich zu dem vierten Komplex etwas sagen sollte. Denn er wird gerne als Argument für eine

schicksalhaft vorprogrammierte Drogenabhängigkeit missbraucht ... Na, okay, ich hatte ja bereits eingangs erwähnt, dass der Griff zur Substanz letztlich immer die Entscheidung des Konsumenten einer Droge ist – individuelle Suchtgefahr hin oder her. Es gibt aus der aktuellen Forschung die Erkenntnis, dass bestimmte Personen genetisch bedingt einer höheren Suchtgefahr unterliegen ... Unser Belohnungssystem wird in der vorderen Hirnrinde gesteuert. Man geht heute davon aus, dass bestimmte Gene Auswirkungen auf die Belohnungsverarbeitung im Hirn haben. Bei manchen Genvarianten führen positive Ereignisse kaum zu einem Anstieg des Hirnstoffwechsels. Dies führt bei Betroffenen zu einem ausgeprägten Verlangen nach ständig neuen, intensiveren Reizen. Man nennt dies auch 'Sensation Seeking' ... Wir können in unserer Klinik natürlich mit Hilfe von Untersuchungen, Tests und Gesprächen die konkrete Suchtgefahr eines Patienten relativ genau bestimmen ... Okay, jetzt wäre es möglich zu sagen, dies ist unnötig, weil unsere Patienten ja bereits süchtig sind oder waren. Trotzdem ist es im Rahmen einer Therapie für das angestrebte Leben danach sehr wichtig, etwas über den eigenen Grad der Suchtgefährdung zu wissen. Für den – nennen wir es einmal so – Alltagseigentest kann ich mir selbst vielleicht folgende Fragen beantworten: Besteht bei mir ein Zwangsverhalten? Habe ich extreme Vorlieben? Suche ich ständig den Kick? Nehme ich auch ohne triftige Gründe Medikamente ein?"

Oliver unterbrach seinen Zeugen vorsichtig:

„Herr Dr. Thalheim, gibt es auch tatsächliche, psychische Erkrankungen, die den Weg in die Drogensucht fördern?"

„O ja, da gibt es viele Erkrankungen." Lächelnd schob der Zeuge nach: „Aber ich denke, sie wollen wieder eine verständliche Kurzform?"

Oliver nickte und lächelte entschuldigend zurück.

„Nun, wir könnten mit diesem Thema Monate des Vortrages füllen ... Allein schon deshalb, weil es höchst komplizierte Wechselwirkungen zwischen Krankheitsbildern und Drogen gibt, sodass nicht immer klar abgegrenzt werden kann, ob eine solche Erkrankung Auslöser für die Sucht gewesen ist oder sie erst mit der Sucht entstand ... Okay, lassen sie mich ein paar Krankheitsbilder kurz umreißen ... Die aktuell sicher bekannteste psychische Erkrankung ist die Depression ... Manchmal heute auch als Volkskrankheit bezeichnet. Die Auslöser dafür können sehr vielschichtig sein. Unbestritten ist heute, dass sie aus einer real nachweisbaren Stoffwechselstörung des Gehirns resultiert, also nicht – wie früher oft unterstellt – etwas Eingebildetes ist oder mit Versagen des Patienten gleichgesetzt werden darf. Viele Symptome dieser Krankheit sind sicher auch dem Laien bekannt: Verstimmtheit, fehlender Antrieb, rastlose Unruhe, Schlafstörungen, vermindertes Interesse an Sexualität, Konzentrationsstörung, innere Leere, Freud- und Gefühllosigkeit, beklemmende Angst. Gerade die letzten beiden Punkte können zum Konsum von Drogen, insbesondere von Crystal verleiten. Sie haben im Verlauf ihrer Verhandlung ja bestimmt schon einige Aussagen zur Wirkungsweise von Crystal gehört?"

Oliver nickte.

„Nun, dann wissen sie ja, dass Crystal anfänglich wirklich sehr intensive Momente von Glücksgefühlen und Euphorie erzeugen kann. Wirkungen, die einen depressiven Menschen tatsächlich temporär aus einem Tief zu Aktivitäten und Angstfreiheit reißen können. Klar ist natürlich, dass Drogen kein geeignetes Behandlungsmittel sind. Gerade bei längerem Konsum ist nicht nur stets eine gesteigerte Dosis notwendig, sondern die Stoffwechselstörung des Hirns wird noch verstärkt. Die eigene Glückshormonproduktion wird praktisch eingestellt und damit die Zeiten ohne Droge zu extrem schwarzen, depressiven Tälern. Nicht selten entstehen beim Betroffenen dann Psychosen. Aber dazu komme ich später noch einmal. Fakt ist jedoch, dass eine Depression heute mit Medikamenten und Psychotherapie erfolgreich behandelt werden kann. Und im Gegensatz zu Drogen machen moderne Psychopharmaka weder abhängig machen oder zu Persönlichkeitsveränderungen führen."

Wieder schwieg der Zeuge eine Weile.

„Worüber denken sie gerade nach?", fragte Oliver.

„Nun, ich muss immer ein wenig abwägen, wie ich diese sehr komplexen Dinge für Laien verständlich transportiere ... Denn oft treten psychische Erkrankungen in Wechselwirkungen zueinander auf ... löst die eine mitunter die andere auch aus ... Zum Beispiel die sogenannte Angststörung, die letztlich auch eine Depression bewirken kann. Es gibt da unzählige, mögliche, individuelle Wechselwirkungen ... Doch bleiben wir kurz bei der Angststörung, die ebenso oft den Griff zur Droge befördert. Wir alle wissen, was eine sogenannte gesunde Angst ist. Ein Selbstschutzmechanismus vor echten Bedrohungen. Angst kann aber eben auch krankhaft übersteigert werden. Ist dies auf bestimmte Dinge, Sachen oder Ereignisse begrenzt, sprechen wir von Phobien. Sicher ist dieser Ausdruck vielen bekannt. Es gibt nicht wenige Menschen mit Phobien ... vor Spinnen, vor Mäusen, vor Höhe, vor Enge und anderen Dingen. Diese Art Angst kann behandelt werden, man kann damit aber auch ganz gut leben. Anders ist es bei plötzlicher, unerwarteter, anfallsweiser Angst ohne konkreten Grund. Wir sprechen hier von Panikanfällen, bei denen der Betroffene an Atemnot, Herzrasen, Schwindel, Übelkeit und Beklemmung leidet.

Obgleich diese Anfälle meist nicht sehr lange dauern, lässt es sich damit bereits deutlich schwerer leben. Nach dem Anfall fühlt sich der Patient zwar wieder gut, spürt allerdings die Angst vor dem nächsten, unkontrollierbaren Anfall. Er lebt also mit der Angst vor der Angst. Dies kann sich zu einer generalisierten Angsterkrankung entwickeln, die von chronischer Anspannung, dauerhaften Befürchtungen, Zermürbung und depressiven Verstimmungen gekennzeichnet ist. Nicht selten steht am Beginn einer solchen Angststörung die sogenannte Anpassungsstörung. Sie wird dadurch ausgelöst, dass es im Leben des Betroffenen Ereignisse oder Veränderungen gibt, die seine Anpassungsfähigkeit überfordern. Zum Beispiel ein Todesfall in der Familie, Arbeitslosigkeit, chronische Belastungen durch Konflikte oder extreme Arbeitszeiten. Daraus entstehen häufig Angsterkrankungen und Depressionen. Mit Therapie und Medikamenten bestehen weitestgehend gute Heilungschancen. Doch auch hier gilt: Crystal kann alternativ deutlich kurzfristiger die Symptome lindern, langfristig wirkt sie verstärkend auf das Krankheitsbild und führt oft zur Katastrophe."

Oliver hakte nach: „Welche Katastrophe ist das?"

Dr. Thalheim wiegte seinen Kopf leicht hin und her, schmunzelte kurz, bevor er antwortete:

„Tja ... da sind sie wieder ... unsere beiden Herausforderungen ´kurz und für Laien verständlich´ ..."

Nun lächelte Oliver, zuckte kurz mit den Schultern:

„Also, ich finde, dass sie bisher diese beiden Prämissen gut gemeistert haben."

„So, so ... na, dann will ich mich mal weiter darum bemühen ... Katastrophe ... Nun, aus psychologischer Sicht ist dies die Psychose. Vor allem deshalb, weil sie zu Handlungen führen kann, die Leib und Leben der Betroffenen gefährden. Im Klartext: Der Tod setzt einen unwiderruflichen Endpunkt."

„Können sie uns dies näher erläutern?", hakte Oliver nach.

„Ja, natürlich." Der Blick des Zeugen war nachdenklich gerade aus in den Raum gerichtet. „Es gibt viele Arten von Psychosen. Der Einfachheit halber will ich darauf hier allerdings nicht eingehen. Nur zwei große Unterscheidungen möchte ich erwähnen, da sie für unser Thema hier nicht unwesentlich sind. Es gibt sogenannte nicht organische Psychosen. Deren Ursachen sind leider noch nicht umfassend erforscht. Man vermutet, dass sie aus traumatischen Erlebnissen in Kindheit und Jugend resultieren. Für unser Anliegen hier sind allerdings ohnehin die organischen Psychosen wichtiger. Bei ihnen ist die Beeinträchtigung wesentlicher Hirnfunktionen nachweisbar. Hierunter fallen eben auch die meisten sogenannten substanzinduzierten Psychosen. Gerade diese Art der Erkrankung kann durchaus irreversibel sein, also nicht heilbar. Heißt im Klartext: Durch den langen Konsum von Drogen sind Hirnfunktionen so geschädigt, dass sie nicht mehr repariert werden können."

Bei dem Wort 'repariert' malte Dr. Thalheim mit den Fingern Gänsefüßchen in die Luft. Mit einem leichten Lächeln fuhr er fort:

„Meine Fachkollegen mögen mir so vereinfachte Formulierungen und Darstellungen bitte nachsehen. Sie sind das Ergebnis meines Bemühens, mich für Laien verständlich zu äußern. Denn natürlich gibt es auch hier unzählige, komplexe Wechselwirkungen und Zusammenhänge, deren Erläuterung allerdings einfach zu weit führen würde. Im Folgenden werde ich mich deshalb auf die Symptome und Auswirkungen konzentrieren … Vielleicht zu Beginn eine kleine Definition des Krankheitsbildes … Die Betroffenen verlieren bei einer

Psychose jeden realistischen Bezug zu sich selbst und ihrer Umwelt. Umgangssprachlich bezeichnet man dies oft als Wahnvorstellungen oder Halluzinationen."

„Können sie diese Begriffe zum besseren Verständnis anhand einiger Beispiele erklären?", unterbrach Oliver seinen Zeugen.

„Natürlich … die Betroffenen sehen oft Lichtblitze oder filmartige Szenen, manchmal auch Trugbilder von Gegenständen. Ein sehr häufiges Symptom sind akustische Halluzinationen, heißt, der Erkrankte hört Stimmen … Stimmen, die ihm Befehle erteilen, die seine eigenen Handlungen kommentieren oder auch mehrere Stimmen gleichzeitig, die sich miteinander streiten. Oft ist bei Betroffenen auch die Überzeugung ausgeprägt, dass die eigenen Gedanken laut werden und sie die Gedanken anderer Menschen hören können. Sie halten sich im negativen wie positiven Sinn für Auserwählte, weshalb nur für sie diese Stimmen wahrnehmbar sind. Die beschriebenen Halluzinationen gipfeln nicht selten in dem, was der Volksmund Verfolgungswahn nennen würde. Erkrankte fühlen sich von Dingen oder Personen akut bedroht. In solchen Phasen können sie nicht nur eine Gefahr für sich selbst, sondern auch für andere Menschen werden. Es muss uns klar sein, dass solch akute Symptome nicht nur zu Konzentrations- und Schlafstörungen oder in die soziale Isolation führen, sondern auch Handlungen initiieren können, die das Leben des Erkranken oder Menschen seiner Umgebung gefährden … Ich will eigentlich nicht das Standardbeispiel Nummer eins strapazieren, doch es ist mehrfach real passiert und beschreibt die Gefahr bildhaft: Es ist der junge Mann, der aus dem zehnten Stock springt, weil er glaubt fliegen zu können. So abgedroschen diese mehrfach real passierte Geschichte auch sein mag, sie zeigt zwei Punkte sehr deutlich: Einmal, dass in diesem Zustand Handlungen zum finalen Endpunkt, dem Tod führen können, zum Anderen allerdings auch, dass das Sterben dabei nicht Ziel der Handlung des Erkrankten ist, da er in diesem Moment tatsächlich glaubt, fliegen zu können ... Als gesunde Menschen fällt es uns schwer sich vorzustellen, wie real für Betroffene diese Halluzinationen sind ... Ich nehme an, sie haben im Rahmen ihrer Verhandlung hier auch schon über den Einsatz von Drogen beim Militär gesprochen?"

Oliver nickte: „Ja, einige Aspekte haben wir beleuchtet."

„Nun, dann lassen sie mich zum Beleg der ehrlich gefühlten Realität von Halluzinationen seitens der Betroffenen das Beispiel Vietnamkrieg anführen. Damals hat das US-Militär lange über den teilweise sehr intensiven Drogenkonsum von Soldaten hinweggesehen, weil man dachte, ab und zu 'high zu sein' macht es leichter, die Kriegsbedingungen zu ertragen. Damals war bezüglich der Erzeugung von Halluzinationen LSD besonders verbreitet und gefährlich. Es hat ganzen Gruppen völlig den Bezug zur Realität geraubt, was letztlich in einigen Fällen dazu führte, dass sich US-Einheiten gegenseitig hart bekämpften, verwundeten oder gar töteten, immer in der festen Halluzination verankert, den Gegner vor sich zu haben. Erst nach diesen Vorfällen gingen die Verantwortlichen gegen den Drogenkonsum vor."

Dr. Thalheim machte eine kurze Pause. Zunächst langsam, überlegt setzte er dann seine Ausführungen fort:

„Lassen sie mich an dieser Stelle bitte zusammenfassen: Ich hoffe, ich konnte ihnen in kurzer und einfacher Form erläutern, dass Crystal in keiner Weise geeignet ist, psychologische Erkrankungen zu behandeln, selbst wenn anfangs scheinbar kurzfristige Besserungen erzielbar sind und welch einschneidende, gefährliche Erkrankung eine Psychose ist, die sehr oft durch den dauerhaften Konsum von Drogen entsteht.

Sie macht jede Art normaler, sozialer Kontakte unmöglich und birgt auch immer die Gefahr, dass wir letztlich am Grab eines geliebten Menschen stehen ... Nicht selten die Eltern an dem ihres Kindes ... Wohl eines der schrecklichsten Szenarien dieser Welt."

Der Zeuge atmete einmal tief ein und aus. Gerade als Oliver sich anschickte etwas zu fragen, hob Dr. Thalheim die rechte Hand und bedeutete ihm damit, dass er noch nicht fertig ist:

„Um eventuell provozierenden Nachfragen der werten Crystal vorzubeugen, möchte ich noch Folgendes anmerken: Natürlich gibt es auch Menschen, die an verschiedensten Formen einer Psychose erkranken, ohne jemals Drogen konsumiert zu haben. Und wie bereits eingangs erwähnt, ist die Forschung zur Entstehung verschiedener Arten der Psychose noch lange nicht abgeschlossen. Doch in einem Punkt sind sich fast alle Kollegen meiner Wissenschaftsrichtung einig, egal welch individuelles Erkrankungsrisiko in einem Menschen steckt: Drogenkonsum erhöht das Risiko an einer Psychose zu erkranken extrem und verschlechtert deren Verlauf deutlich. Nach Aussage zentraler Statistiken haben etwa fünfzig Prozent aller Psychosepatienten Drogen konsumiert ... Allerdings fallen darunter auch Alkohol, Cannabis, verschiedene, andere Substanzen und nicht ausschließlich Crystal. Wobei diese sicher die Gefährlichste ist."

Bei seinen letzten Worten warf er einen angewiderten Blick in Richtung der Angeklagten. Da Olivers Zeuge nun schwieg, ergriff der Vorsitzende das Wort:

„Herr Dr. Thalheim, sind sie mit ihren Ausführungen am Ende?"

Dieser nickte kurz und antwortete:

„Nun, sofern dies in der Kürze der Zeit möglich war."

„Dann danke ich ihnen herzlich." Seinen Blick erst auf Oliver, dann auf Crystal richtend, fügte Bernhard hinzu:

„Gibt es noch Fragen an den Zeugen?"
Beide schüttelten leicht den Kopf.
„Nun Herr Dr. Thalheim, dann sind sie als Zeuge entlassen. Sie dürfen gehen oder im Saal Platz nehmen, ganz wie sie möchten."

„Da es, wie ich vor der Befragung von Dr. Thalheim zur Kenntnis genommen habe, keine weiteren Zeugen gibt, kommen wir nun zu den Abschlussplädoyes. Üblicher Weise beginnt damit die Anklage."
Zu Crystal blickend schob Bernhard nach:
„Als Letzte dürfen sie sich dann verteidigen."
Die Angeschaute nickte mit gespielter langer Weile.
„Also, Oliver, sie beginnen."
Dieser erhob sich, stellte sich zunächst so, dass er zum Vorsitzenden und dem Publikum gleichzeitig sprechen konnte. Er hatte keinen Zettel in der Hand. Alles was er sagen wollte, schien in seinem Kopf fest eingebrannt. Ruhig begann Oliver zu reden:
„Nun, zusammenfassend möchte ich feststellen, dass unsere Verhandlung eines klar gezeigt hat: Crystal ist keine Freundin und kann niemals eine solche sein. Denn für Freundschaft muss man bereit sein, auch zu geben. Aber sie kann nur nehmen! Die wenigen, vermeintlich glücklichen Momente zu Beginn, sind nichts im Verhältnis dazu, was Crystal zerstört! Wir haben von Zeugen gehört, dass sie niemals bereit ist, jemanden freiwillig wieder gehen zu lassen, der einmal auf ihr Lächeln hereingefallen ist. Wie sie die Gesundheit ihrer vermeintlichen

Freunde und Partner an jedem Tag ihrer Beziehung zu ihnen zerstört. Sich durch Magen und Schleimhäute ätzt, Tag für Tag Leber und Nieren ein Stück weiter zerstört, Zähne auflöst, die Haut um Jahrzehnte altern lässt."

Mit einem Blick zu Crystal, so als wolle er einem späteren Einwurf zuvor kommen, rief er etwas lauter:

„Ja, ja, vielleicht werden wir nachher wieder hören, dass Crystal nicht die Gesundheit zerstört, sondern die beigemischten Substanzen ... Nein sage ich! Sie ist für ALLES verantwortlich! Schließlich macht sie ihre Freunde von SICH abhängig und nur deshalb kommen auch die anderen Substanzen in ihre Körper. Und selbst ohne diese Stoffe, für die Crystal angeblich nichts kann, werden ihre 'Freunde' physisch ruiniert. Es ist nun einmal für einen menschlichen Organismus nicht gesundheitsfördernd, wenn er immer wieder viele Tage nicht schlafen kann, permanent auf zweihundert Prozent Leistung fährt."

Oliver fuhr heftig herum, zeigte mit dem Finger Richtung Crystal und schrie fast:

„Letztere Wirkung kommt doch von ihr, ausschließlich von ihr und keiner anderen, anonymen Substanz! Ja noch nicht einmal vor dem Leiden kleiner, unschuldiger Babys schreckt sie zurück! Erinnern sie sich daran, wie eine unserer Zeuginnen von diesen kleinen, neu geborenen Wesen berichtet hat? Die – zur Welt gebracht von einer Mutter in Crystals Bann – mit dem ersten Atemzug zunächst einmal von Crystal gelöst werden müssen und vor Schmerzen schreien."

Er schwieg einen Moment nachdenklich, so als zögen Erinnerungen in ihm vorbei. Fast kraftlos sank sein auf Crystal zeigender Finger nach unten. Dann fuhr er leiser fort:

„Aber wahrscheinlich sind diese körperlichen Zerstörungen noch nicht einmal das Schlimmste. Viel schmerzlicher, mit unmittelbar und dauerhaft dramatischeren Folgen ist wohl das, was sie in Geist und Seele derer anrichtet, die ihr verfallen sind."

Oliver schwieg wieder ein paar Sekunden. Er atmete einmal ganz tief ein und aus, so als ringe er nach Fassung. Mit zitternder Stimme fuhr er fort:

„Wir haben viele Zeugen zu diesem Thema gehört. Obgleich ich persönlich diese Aussagen nicht gebraucht hätte, denn ich habe es viele Jahre hautnah in meiner eigenen Familie erlebt. Aus einem lebensfrohen, intelligenten, attraktiven Jungen hat Crystal einen Zombie gemacht. Und sie tut dies bis heute jeden Tag tausendfach erneut mit anderen jungen Menschen! Dabei reicht es ihr nicht aus, Nerven und Hirne der an sie Verfallenen allmählich aufzufressen. Intelligenz und motorische Fähigkeiten Stück für Stück aus den Köpfen und Körpern zu saugen. Die Betroffenen damit letztlich zu unberechenbaren Menschen zu machen, die zwischen kurzer Euphorie, langer Depression, Verfolgungswahn, Apathie und gefährlicher Aggression pendeln, deren Gedanken – sofern sie noch denken können – schließlich nur noch darum kreisen, wie sie erneut eine Dosis von Crystal bekommen können."

Oliver stützte sich mit beiden Händen auf den Tisch, hinter dem Crystal saß, fixierte sie fest mit den Augen, seine Stimme klang leiser, aber so fest und entschlossen, dass Crystal erschrocken ein wenig zurück wich.

„Nein! Diese Zerstörungen reichen ihr nicht! Das Ergebnis der 'Freundschaft' zu ihr schafft Individuen, die auch noch ihr soziales Umfeld und ihre Familien ruinieren!"

Oliver löste sich vom Tisch und schaute nun ins Publikum.

„Wir haben im Laufe unserer Verhandlung Einiges darüber gehört ... Von Müttern, die vor Kummer und dem Gefühl der Hilflosigkeit zerbrachen, nicht mehr arbeiten konnten oder gar in psychiatrische Behandlung mussten. Von Ehen, die wegen dem permanenten Streit um das dieser Crystal verfallene Kind zerstört wurden. Geschwister haben uns berichtet, wie aus ihrer Liebe zu Bruder oder Schwester allmählich Hass geworden ist. Wie auch sie sich begannen, mit Vater und Mutter zu streiten, weil alle Aufmerksamkeit nur noch dem 'Crystal-Kind' galt. Oder der Streit zwischen Eltern und Großeltern, die schmerzhaften, wechselseitigen Vorwürfe bezüglich der Gründe, wegen denen ein Kind und Enkel Crystal verfallen ist. Am Ende waren oft nicht nur die Herzen und Seelen der Eltern gebrochen, sondern in einem See von Tränen auch die der Großeltern."

Oliver schwieg einen Moment. Leiser fuhr er fort:

„Ja, auch von dem schlimmsten Alptraum aller Eltern haben wir gehört: Am Grab des eigenen Kindes zu stehen … Dorthin getrieben von dieser Crystal!"

Bei seinen letzten Worten deutete Oliver mit dem Finger auf die scheinbar unberührte Angeklagte, die auch jetzt ein kühles, selbstsicheres Lächeln zeigte.

„Schauen sie sich an, wie sie selbst mit diesem Bild vor Augen noch lächeln kann! Weil sie eine eiskalte Egomanin ist, ohne auch nur die ansatzweise Fähigkeit zu Mitgefühl! Mutter und Vater stehen nach einem langen Weg des Kampfes gegen Crystal und für ihr Kind an einem ausgehobenen Erdloch, in welches langsam ein Sarg abgelassen wird. Darin das Liebste, was beide je hatten … Wahrscheinlich werden die Herzen und Seelen dieser beiden Menschen nie wieder repariert werden können, werden sie gebrochen von diesem Grab gehen und sich für den Rest ihres Lebens jeden Tag die Frage stellen: Warum? Warum mein Kind? Was haben wir denn falsch gemacht?"

Mit einem heftigen Ruck drehte sich Oliver zur Angeklagten.

„Haben sie dieses Bild vor Augen? Und es lässt ihr Lächeln nicht gefrieren? Ja, lächeln sie! Alle sollen es sehen! Denn dieses eiskalte Lächeln ist ein Stück ihres wahren Gesichtes!"

Bernhard räusperte sich leise. Als Oliver zu ihm schaute, bedeutete der Vorsitzende ihm mit einer leichten Handbewegung, die Emotionen in seinem Plädoyer zu dämpfen. Dieser verstand das Zeichen, atmete einige Male tief durch, strich seine Sachen zurecht und fuhr deutlich leiser und mit ruhigerer Stimme fort:

„Was wir hier in der Verhandlung von Zeugen gehört haben, waren keine Geheimnisse. Einzelne Berichte dazu sind leicht zu lesen. Auch im Fernsehen gibt es die eine oder andere Sendung bezüglich der gefährlichen Folgen einer 'Freundschaft' mit Crystal. Es gibt leicht zugängliche Aufklärungsliteratur und Beratungsstellen, deren Angebote in vielen Fällen kein Geld kosten. Trotzdem gelingt es Crystal, jeden Tag mehr neue Hände zu greifen. Warum ist das so?"

Oliver schwieg einen Moment. Sein Blick wanderte nachdenklich aufwärts. Dann schob er beide Hände in die Hosentaschen, um mit ruhiger, fester Stimme fortzufahren:

„Sicher sind die Gründe dafür sehr vielschichtig ... Letztlich haben wir dazu ebenfalls etwas von Zeugen gehört ... Trotzdem will ich einen aus meiner Erfahrung sehr wesentlichen Punkt hervorheben: Arroganz und Desinteresse!"

Nach diesen beiden Worten entstand im Saal ein leises Gemurmel. Oliver zog daraufhin seine rechte Hand aus der Tasche, hob sie leicht und sagte mit lauter Stimme:

„Bitte, lassen sie mich ausreden und meine Behauptung erklären! ... Vor einigen Monaten veranstaltete ein großer, regionaler Radiosender eine ganze Woche mit Beiträgen zum Thema Sucht. Zum Abschluss gab es eine mehrstündige Live-Sendung, in welcher auch ich Gast im Studio sein durfte, wie sie ja bereits am Rande von einem Zeugen gehört haben. Zuhörer konnten anrufen, von ihren Erfahrungen berichten oder Fragen stellen. Von fast jedem der abhängigen Anrufer wollte der Moderator schließlich Eines wissen: Warum hast du denn überhaupt angefangen, dich mit Crystal einzulassen?"

Oliver drehte sich in Richtung der Zuschauer im Saal. Langsam, eindringlich formulierte er nun seine Worte:

„Die Antworten waren stets ähnlich: Aus Neugier ... wollte es eben mal probieren ... weil Freunde von mir es auch gemacht haben ... Keiner, ich betone keiner der Betroffenen hatte nur den Hauch einer Ahnung, wer Crystal ist und was es bedeuten kann, auch nur einmal die von ihr gereichte Hand zu ergreifen! Diese lächelnd gereichte, scheinbar wundervoll zärtliche Hand, die sich schließlich unerwartet schnell und fest schloss, deren Griff von einer sanften Berührung zur einer schraubstockartigen Umklammerung wurde. Warum wissen unsere Kinder so wenig über diese Crystal? Weil wir – ich betone wir – noch immer so arrogant sind!"

Wieder brach das Gemurmel aus, schienen Olivers Worte Widerspruch zu provozieren. Dieser hob beide Arme und seine Stimme wurde laut und bestimmt genug, um wieder Ruhe im Saal zu erzeugen.

„Gestatten sie mir zur Erläuterung ein vergleichendes Bild: Stellen sie sich vor, sie wohnen in einem Ort, an dessen Rand sich ein großer See befindet. Der See wird vom Ufer her sehr schnell tief, sodass man darin nicht stehen kann. Um das gesamte Ufer zieht sich ein breiter Streifen, auf dem es nichts gibt. Keinen Baum, keinen Ast, keinerlei Material, welches sie helfend einem Ertrinkenden reichen könnten. Niemand in ihrem Ort kann schwimmen, auch sie selbst nicht. Doch alle Kinder müssen auf ihrem Weg zur Schule täglich an diesem See vorbei laufen. Würden sie nicht sehr früh, ständig und eindringlich aufklärende Gespräche mit ihrem Kind darüber führen, wie gefährlich es ist, diesem See zu nahe zu kommen? Dass auch schon ein Versuch, in sein Wasser zu gehen, tödlich sein kann?"

Die meisten Anwesenden nickten nachdenklich. Wieder zeigte Oliver abrupt auf die Angeklagte.

„Diese Crystal ist kein See ... Sie ist eine Mischung aus reißendem Strom und tosendem Ozean!"

Mit fast etwas trauriger Stimme fuhr er fort:

„Wissen sie, ich habe schon viele Aufklärungsveranstaltungen gegen diese Crystal an Schulen durchgeführt ... Und immer wieder ist es das gleiche Bild: Im Schnitt nehmen fünf bis maximal zehn Prozent der Eltern daran teil. Die restlichen neunzig Prozent denken heute noch so, wie leider auch ich vor vielen Jahren dachte: Was geht mich das Thema Drogen an? Drogen sind doch wohl ein Problem von asozialen Randgruppen und –familien."

Oliver atmete tief ein und schrie fast in den Raum:

„Genau das ist sie aber nicht! Diese Crystal greift nach allen Kindern und Jugendlichen! Gut bürgerlich zu sein rettet nicht vor ihrem Lächeln! Und der elterliche Standpunkt, Crystal muss mich nicht interessieren, beraubt uns der Chance und Fähigkeit, mit unseren Kindern aufklärende und aufrüttelnde Gespräche zu den Wirkungen und Gefahren von Crystal zu führen! Ja, natürlich sind solche Gespräche mit unseren Kindern keine Garantie dafür, dass sie nicht doch dem Lächeln der Angeklagten verfallen. Aber ohne den Versuch der Aufklärung unsere Kinder in die Arme von Crystal laufen zu lassen, darf für uns als Eltern einfach keine Option sein!"

Olivers Stimme wurde nun wieder ruhiger, trotzdem wirkte sie nicht weniger eindringlich:

„Und – auch dies hat unsere Verhandlung gezeigt – lassen sie uns rechtzeitig genug mit unseren Kindern sprechen. Crystal scheut sich nicht, ihre Hände bereits nach Elf-, Zwölfjährigen auszustrecken."

Oliver legte kurz die Handflächen vors Gesicht, ließ sie dann langsam sinken und fuhr fort:

„Ich mag es mir gar nicht vorstellen: Arglose Eltern glauben ein glückliches, unschuldiges Kind aufwachsen zu sehen, ohne auch nur den Hauch einer Ahnung, dass Crystal bereits nach ihm gegriffen hat."

Oliver nahm einige Papiere von seinem Tisch, hob sie kurz mit der rechten Hand nach oben, um sie dann wieder fallen zu lassen.

„Vielleicht darf ich ihnen allen ein paar Statistiken empfehlen ... Diese Belegen, dass Crystal sich zu immer jüngeren Menschen hingezogen fühlt. Sie greift sogar die Hände von Kindern, zieht sie unerbittlich näher. Selbst wenn diese irgendwann einmal den Beschluss fassen, sich von dieser Crystal zu lösen, fehlt ihnen einfach eine entwickelte Persönlichkeit dafür. Crystal hat ihnen die Entwicklung zwischen zwölf und zwanzig einfach geraubt. Oft hat die 'Freundschaft' zu Crystal alles aufgefressen .... Echte Freunde, die Familie, geistige und motorische Fähigkeiten, den Schul- und Berufsabschluss, die Gesundheit ... die Fähigkeit, auch ohne Crystal Glück empfinden zu können. Wohl auch wegen diesen inzwischen sehr, sehr frühen Handreichungen durch die Angeklagte, schaffen es nur etwa zwanzig Prozent der Betroffenen, sich dauerhaft aus der Umklammerung von Crystal zu lösen. Oder anders gesagt: Vier von fünf jungen Menschen zerbrechen daran, die Angeklagte kennengelernt zu haben ... So sagen es zumindest die offiziellen Statistiken ... Hinter verschlossenen Türen können sie von Insidern hören, dass die Quote jener, die es schaffen, sich dauerhaft von Crystal zu lösen, unter fünf Prozent liegt."

Oliver strich sich durchs Haar, drehte sich dann zum Publikum.

„Eltern bemühen sich, ihr Kind behütet aufwachsen zu lassen. Geben ihm Liebe, Fürsorge. Freuen sich über jeden Schritt der Entwicklung … die ersten Worte, das erste aufrechte Gehen, die Einschulung … die ersten, eigenen Leseversuche … Auch die Großeltern bemühen sich in der Regeln, ihrem Enkelkind Geborgenheit und Unterstützung zu bieten. So wächst ein junger Mensch heran, dem das Leben offen steht, der so viele Möglichkeiten hat, Träume und Ziele zu verwirklichen."

Abrupt zeigte Oliver wieder auf die Angeklagte und schrie fast:

„Bis sie nach der unschuldigen, hoffnungsvollen Hand eines dieser Kinder oder Jugendlichen greift und alles beginnt zu zerstören!"

Gedämpfter fuhr er fort:

„Sicher, Anfangs suggeriert sie diesen jungen Menschen, dass es ihrer Entwicklung, dem Erreichen ihrer Träume sehr hilfreich sein wird, ihr 'Freundschaftsangebot' anzunehmen. Denn junge Mädchen werden schnell schlanker. Und ohne Schlaf in den Nächten hat man viel mehr Zeit zum Lernen. Oder auch Feiern … Doch wir haben in unserer Verhandlung gehört, wie schnell Crystals zärtlicher Händedruck zum Schraubstock wird! Aus dem unsere Kinder ihre Hände kaum wieder befreien können! Und letztlich werden aus intelligenten, jungen Menschen voller Hoffnungen und Ziele Wracks, die in ersten Therapien mit Bauklötzchen spielen, um zu lernen, sich wieder wenigstens eine halbe Stunde konzentrieren zu können."

Oliver faltete seine Hände vor dem Körper, drehte sich zum Publikum im Saal.

„Und wir wollen nicht vergessen, dass es Crystals 'Zuneigung' nicht kostenlos gibt. Sie erinnern sich hoffentlich an die Aussagen unseres nicht mehr lebenden Zeugen, der uns erklärte, wie teuer Crystals 'Freundschaft' ist. Bis zu mehreren tausend Euro müssen von ihr Abhängige jeden Monat 'organisieren'."

Das letzte Wort betonte Oliver mit einer Mischung aus Ironie und Ekel in seiner Stimme. Seine Arme vor dem Körper ausbreitend fuhr er fort:

„In den Polizeiberichten finden wir dieses 'Organisieren' dann unter der Bezeichnung 'Beschaffungskriminalität'. Nicht wenige von Crystals 'Freunden' enden dafür hinter Gittern. Als der vorläufigen Endstation eines jungen Lebens ... Ganz zu schweigen vom Leid der Opfer dieser Beschaffungskriminalität. Schon einen Einbruch in sein Heim, seine Intimsphäre muss man erst einmal verkraften, doch nicht selten wird im Zustand blinder Sucht diesen Opfern auch Gewalt angetan, werden sie geschlagen, tragen sie lebenslange, gesundheitliche Schäden davon ... Oder verlieren in einigen Fällen ihr Leben ... Allerdings nicht nur durch Diebstahl und Raub. Niemand von uns weiß genau, wie viele tausende 'Freunde' von Crystal völlig platt und fahrunfähig jeden Tag ins Auto steigen. Wir kennen aus der Statistik nur die Zahl der Fälle, wo einer dieser Crystal-Fahrer andere Verkehrsteilnehmer verletzt oder getötet hat und damit unsägliches, nicht wieder gut zu machendes Leid über andere Menschen und Familien bringt. Leid, für welches letztlich auch diese Angeklagte verantwortlich ist!"

Bei den letzten Worten schaute Oliver auf Crystal und man spürte den Zorn in seiner Stimme. Dann zeigte er mit seiner linken Hand in ihre Richtung und schob mit bebender Stimme nach:

„Ich hoffe sehr, unsere Verhandlung konnte ihnen zeigen, dass sich hinter dieser strahlenden Fassade ein zerstörendes, eiskaltes Monster verbirgt!"

Crystal zeigte keine spürbare Reaktion und spielte scheinbar gelangweilt an ihren Fingernägeln. Oliver ließ sich jedoch nicht provozieren und setzte sich auf den Stuhl hinter seinem Tisch. Bernhard, der Vorsitzende warf ihm einen Blick zu und fragte:

„Sind sie mit ihren Ausführungen am Ende?"

Der Angesprochene nickte. Bernhard wandte sich nun an Crystal:

„Sie können sich in einem eigenen Abschlußplädoyer verteidigen."

Die Angeklagte pustete noch einmal leicht über ihre Fingernägel, erhob sich, strich kurz ihre Sachen glatt, setzte ein strahlendes Lächeln auf und begann langsam, mit einem hörbaren Hauch von Arroganz in der Stimme zu sprechen:

„Nun, Herr Vorsitzender, da es in unserem Verfahren ja nicht wirklich um vollstreckbare Strafen geht, hoffe ich zunächst einmal, dass der 'liebe' Oliver in den vergangenen Tagen hier seinen Spaß hatte."

Letzterer begann vor Wut leicht zu erröten. Doch noch bevor er etwas sagen konnte, bedeutete Bernhard ihm mit einer Handbewegung und einem unmissverständlichem Blick zu schweigen. Man sah Oliver an, wie viel Kraft es ihm kostete, sich zu beherrschen. Was Crystal zu einem noch breiteren Grinsen reizte.

„Oliver hat während ihres Plädoyers zu schweigen, aber ebenso unterlassen sie bitte solche unsachlichen Provokationen!", fauchte der Vorsitzende sie an.

„Schon gut, schon gut, Herr Vorsitzender.", antwortete Crystal, noch immer mit dieser Ironie und Arroganz in der Stimme.

„Ich werde ihre Geduld nicht lange strapazieren und keine solch langen Ausführungen wie der Herr hier neben mir machen."

Dabei zeigte ihre linke Hand in Olivers Richtung, ohne ihn eines Blickes zu würdigen. Scheinbar völlig unberührt fuhr sie fort:

„Sehen sie, seit dem ersten Tag unserer Verhandlung hat mein Ankläger", dieses Wort betonte sie wiederum spöttisch, „sich alle Mühe gegeben, mich als ein schreckliches Monster darzustellen ... Soll ich ihnen etwas sagen?" Crystal machte eine kurze Pause, bevor sie, ohne eine Antwort abzuwarten weiter sprach:

„Es ist mir so etwas von egal was dieser Typ von mir hält! Und wissen sie warum? Weil es mein Leben auf dieser Welt nicht drastisch beeinflusst. Vielleicht schafft es der engagierte Oliver, ein paar Leute davon abzuhalten, mich kennenzulernen ... Na und? Welchen Unterschied macht es, ob ich täglich tausend oder nur neunhundertfünfundneunzig neue Freunde an die Hand nehme und für immer an mich fessele? Für mich keinen! Zum Glück sind seine Möglichkeiten, sich Gehör zu verschaffen sehr begrenzt. Ihn oder auch ein paar dieser Olivers verkrafte ich gelassen. Er hat doch selbst das Beispiel genannt, dass in Schulen meist nicht mehr als fünf bis zehn Prozent der Eltern Veranstaltungen besuchen, in denen er gegen mich hetzt. Solange dies so bleibt, kann ich mit Olivers Feindschaft gut leben ... und werde noch lange die Zahl jener, die mir verfallen sind, täglich erhöhen. Also, noch einmal zusammengefasst: Ich spare mir die Anstrengung, auf die wilden Anschuldigen gegen mich in einem ellenlangen Plädoyer einzugehen. Weil es mir nicht nur egal, sondern scheiß egal ist, was sie hier von mir halten. All die Olivers dieser Welt sind doch ein wenig wie Partisanen im Krieg ... Hier und da mal etwas stören und sticheln, aber den Krieg gewinnen können sie nicht, dafür sind es viel zu wenige."

Während sich Crystal, nun schweigend und die völlige Gleichgültigkeit ausstrahlend setzte, erhob sich Oliver von seinem Stuhl, ging die wenigen Schritte zu Crystals Tisch, stützte seine Hände darauf und beugte sich sehr nah nach vorn zu ihrem Gesicht. Etwas erschrocken versuchte sie dieser Nähe auszuweichen, indem sie sich in ihrem Stuhl so weit wie möglich zurücklehnte. Mit fester, hasserfüllter Stimme begann Oliver seine Worte zu formulieren:

„Vielleicht, werte Crystal, sind wir aktuell noch so etwas wie Partisanen ... Und wenn sie ein wenig mehr Geschichtswissen hätten, wäre ihnen bekannt, dass Partisanen sehr wohl schon Kriege gewonnen haben ... Doch davon abgesehen schwöre ich ihnen, jeden Tag mit ganzer Kraft dafür zu kämpfen, aus diesen Partisanen, wie sie uns nennen, eine Armee anwachsen zu lassen. Eine Armee aufgeklärter junger Menschen, aufgeklärter Eltern, Großeltern und Geschwister. Eine Armee von Menschen, die genau weiß, welches Leid, welches Elend sich hinter ihrem anfänglichen Lächeln verbirgt und sie deshalb jeden Tag mit aller Kraft bekämpft!"

Zeitfracht Medien GmbH
Ferdinand-Jühlke-Straße 7
99095 Erfurt, Deutschland
produktsicherheit@kolibri360.de